Lena Johannson
Rügensommer

atb aufbau taschenbuch

LENA JOHANNSON, 1967 in Reinbek geboren, war Buchhändlerin, bevor sie freie Autorin wurde. Bisher erschienen von ihr als Aufbau Taschenbuch »Dünenmond – Ein Sommer an der Ostsee«. Im Verlag Rütten & Loening legte sie den Roman »Himmel über der Hallig« vor.

Deike sieht sich als Großstadtpflanze, sie hat in Berlin und Frankfurt gelebt und träumt von Mallorca und Ibiza. Doch nun soll sie ausgerechnet auf Rügen ein Magazin für Touristen herausgeben. Auf den ersten Blick erscheint ihr die Insel als zu ruhig und provinziell. Das weitaus größere Problem ist ihr unfreundlicher Nachbar, den sie, obschon er recht attraktiv ist, nur »Schlabberhosen-Hannes« nennt. Erst als Natty, Deikes Schwester, auftaucht, wird er zugänglicher. Er beginnt den beiden Frauen die Schönheiten der Insel zu zeigen. Gegen ihren Willen verliebt Deike sich in ihn und beginnt zu ahnen, dass auch er sich etwas aus ihr macht. Als sie schon glaubt, das Eis sei gebrochen, zieht er sich abrupt zurück. Sie ahnt, dass er ein Geheimnis hat.

Lena Johannson

Rügensommer

Roman

aufbau taschenbuch

FSC
www.fsc.org
MIX
Papier aus verantwortungsvollen Quellen
FSC® C083411

ISBN 978-3-7466-2903-2

Aufbau Taschenbuch ist eine Marke
der Aufbau Verlag GmbH & Co. KG

1. Auflage 2013

Die Originalausgabe erschien 2011 bei Rütten & Loening,
einer Marke der Aufbau Verlag GmbH & Co. KG
Umschlaggestaltung capa, Anke Fesel
unter Verwendung eines Motivs von
© Stefan Freund/plainpicture
Druck und Binden CPI – Clausen & Bosse, Leck
Printed in Germany

www.aufbau-verlag.de

Für meine große Schwester, mit der ich Tränen lachen und über Gott und die Welt philosophieren kann.

Tausend Dank für die italienische Übersetzung!

1.

»Rügen? Was um Himmels willen soll ich denn auf Rügen?« Deike sprang auf und lief zum Fenster.

»Arbeiten«, antwortete ihr Chef ruhig, obwohl sie sehr laut geworden war.

»Aber ich hasse Wattwandern! Das glitscht zwischen den Zehen, und man zerschneidet sich an den Muscheln die Füße.« Verzweifelt ließ sie den Blick über Frankfurts Dächer wandern.

»Rügen liegt in der Ost- und nicht in der Nordsee. Das weißt du genau.«

»Ach, und da gibt es kein Watt?«

»Netter Versuch, aber dumm stellen hilft nicht. Du bist die Einzige ohne Mann und Kind. Du bist ideal für den Job!« Das klang endgültig. »Außerdem warst du neulich noch ganz begeistert, als ich dir die Redaktionsleitung auf einer der beliebtesten Ferieninseln der Deutschen in Aussicht gestellt habe.«

Deike seufzte tief. Konnte sie Hartmann wirklich so falsch verstanden haben, oder war das ein ganz gemeiner Trick? »Ich dachte doch, du sprichst von Ibiza oder Gran Canaria. Oder wenigstens von Mallorca, aber doch nicht von Rügen.«

»Rügen ist absolut trendy.« Sie konnte hören, dass er allmählich die Geduld verlor.

»Verstehe. Nur weiß das außer uns noch niemand, und ich soll dafür sorgen, dass es sich herumspricht.«

Zwei Monate lag das Gespräch inzwischen zurück, und Deike erinnerte sich an jedes Wort. Sie hätte sich länger wehren müssen. Sie hätte ihm das Gefühl geben sollen, dass sie nur Unheil anrichten würde, wenn sie als Redaktionsleiterin die Vorzüge einer Insel anpreisen musste, die sie in Wirklichkeit nicht leiden konnte. Aber Hartmann wäre nicht Hartmann, wenn er mit sanften Bandagen gekämpft hätte. Eine saftige Gehaltserhöhung, die Aussicht, die Redaktion auf Ibiza übernehmen zu dürfen, wenn sie hier ein Jahr durchhielt, schon hatte er sie gehabt. Und nun war sie hier auf dem Weg nach Rügen. Deike konnte noch immer nicht glauben, dass sie sich das antat. Zwei Jahre hatte sie in Berlin gearbeitet und vier in Frankfurt. Hartmann brachte in allen großen Städten Szene-Magazine heraus, in denen die neuesten Restaurants und Clubs vorgestellt wurden. Zu Deikes Job gehörte es auch, die Spielpläne der Theater und Kleinkunstbühnen zu präsentieren, sich die Generalproben neuer Inszenierungen oder auch Kinofilme vorab anzusehen sowie Ausstellungen der Museen zu besuchen. Kunst, Kultur und Unterhaltung, das war ihre Welt, damit kannte sie sich aus. Die Urlauberzeitschriften, die Hartmann ebenfalls herausgab, waren ähnlich aufgebaut. Nur gab es auf den meisten Ferieninseln natürlich mehr über Musik-Clubs und Bars zu berichten als über Kunstausstellungen. Das war Deike nur recht. Sie hätte es auch völlig in Ordnung gefunden, die typischen Sehenswürdigkeiten kennenzulernen, wenn es sich denn um riesige Badelandschaften mit extralangen Wasserrutschen oder spanische Folkloretempel gehandelt hätte. Auf Rügen erwarteten sie so spannende Attraktionen wie ein Jagdschloss mit den Köpfen toter Tiere an der Wand und eine altersschwache Eisenbahn. Das war jedenfalls das, was sie bisher von der Insel wusste.

Deike seufzte. »Komm schon«, sagte sie sich, »so schlimm wird es schon nicht werden.«

Nathalie war immerhin vollkommen begeistert gewesen, als sie von den Umzugsplänen ihrer Schwester erfahren hatte.

»Rügen? Du Glückspilz«, hatte sie ins Telefon gequiekt. »Binz ist im Moment total angesagt. Da soll man unheimlich gut shoppen können. Und in Sellin steht diese süße Seebrücke. Da wollte ich schon immer mal hin!«

Natty war zwei Jahre älter als Deike und ihr großes Vorbild. Da sie in München arbeitete, sahen die beiden Schwestern sich nicht sehr oft. Hinzu kam, dass Natty ihren Urlaub um keinen Preis in Berlin oder Frankfurt verbracht hätte. Sie liebte das Meer. Zu mehr als einem langen Wochenende hatte es darum nie gereicht. Und wenn Deike für eine Woche zu ihrer Schwester nach München gefahren war, dann hatte die immer arbeiten müssen, und sie hatten auch nur die Abende für sich. Das würde jetzt anders werden. Bestimmt würde Natty ihre gesamten Ferien bei Deike verbringen. Dank Rügen!

Sie steuerte den bis unter das Dach vollgestopften Kastenwagen über die Rügenbrücke. Da war plötzlich ein Kribbeln in ihrem Bauch, das konnte sie nicht leugnen. Der Anblick der mächtigen Pylone und der starken Seile, an denen die Brücke aufgehängt war, war ziemlich beeindruckend. Auch die Aussicht auf eine Werft, auf rote Backsteingebäude und die Silhouette von Stralsund mit den vielen Türmen, auf das Wasser und das viele Grün war wirklich hübsch. Sehr viel hübscher als Frankfurt, so viel stand fest.

Kaum auf der Insel angekommen, geriet Norbert, wie Deike ihr Navigationsgerät nannte, völlig durcheinander.

»Bitte wenden Sie, wenn möglich«, tönte es schnarrend aus dem kleinen Lautsprecher.

»Blödsinn«, widersprach sie. »Bergen war doch eben noch ausgeschildert. Das kann ja wohl nicht falsch sein.«

Ihr Vater hatte für sie eine Doppelhaushälfte in Streu – wie kann man einen Ort Streu nennen? – gemietet. Es war sehr praktisch, einen Immobilienmakler in der Familie zu haben! Vor allem, wenn man so oft den Wohnort wechselte wie Deike.

»Es wird dir gefallen«, hatte ihr Vater versprochen. »Gute Ausstattung und eine zentrale Lage direkt am Bodden, aber auch nicht weit vom Zentrum Bergens entfernt.«

Bisher waren die Wohnungen, die ihr Vater ihr besorgt hatte, immer Volltreffer gewesen. Deike war zuversichtlich, dass es dieses Mal nicht anders sein würde.

Auf Höhe von Samtens forderte Norbert sie auf, links abzubiegen.

»Das kann doch gar nicht sein«, schimpfte Deike. Noch immer war Bergen geradeaus angeschrieben, und Streu gehörte quasi zu Bergen, das hatte ihr Vater gesagt. Sie ignorierte die Ansagen, und irgendwann resignierte Norbert offenbar. Das konnte ja heiter werden, wenn ihr Navigationsgerät sich auf dieser Insel nicht zurechtfand.

»Herrschaften«, stöhnte sie, nachdem sie schon über eine halbe Stunde auf Rügen unterwegs war, »könnte man der größten deutschen Insel nicht wenigstens ein kleines Stückchen Autobahn gönnen?« Auf dieser Landstraße kam man nur im Schneckentempo voran. Sie musste sich in Geduld üben, und das war nicht gerade ihre Stärke. Schließlich hatte sie Bergen erreicht.

»In vierhundert Metern links abbiegen«, forderte Norbert

sie erneut auf. Deike stutzte. Sollte dieses Kaff nicht östlich von der Stadt liegen? Wahrscheinlich machte die Straße nur einen Bogen. Sie setzte den Blinker und bog links ab.

»Fahren Sie zehn Kilometer.«

So weit noch? Deike zog genervt die Augenbrauen hoch und schüttelte den Kopf. Die Straßen wurden nicht gerade besser. Geflickter Asphalt, Schlaglöcher, hier und da fuhr sie an Plattenbauten und grauen Siedlungshäusern vorbei. Ziemlich trostlos. Dann wieder sah sie links und rechts nur Felder, über der Straße reichten sich die Zweige großer alter Bäume die Hand. Noch fiel Licht zwischen den Ästen hindurch auf die Fahrbahn, im Sommer, wenn das Laub dicht und dunkelgrün war, würde es hier ziemlich düster sein.

Auch nach zehn Kilometern hatte Deike ihr Ziel noch nicht erreicht. Norbert lotste sie unbekümmert weiter. Immerhin entdeckte sie auf dem kleinen Bildschirm blaue Flächen, die Wasser anzeigten, und las das Wort »Bodden«. Vielleicht war sie doch nicht so falsch, wie sie meinte. Womöglich hatte ihr Vater geschummelt, und die Haushälfte lag nicht so stadtnah, sondern mitten in der Pampa.

»Streu« stand schwarz auf gelb auf dem Ortsschild. Nun musste sie sich durchfragen. Einen Straßennamen gab es nämlich nicht, und sie hatte Norbert *Ortsmitte* eingeben müssen. Vor einem prächtigen weißen Gutshaus arbeitete ein Mann in blauer Latzhose und Gummistiefeln trotz der Kälte und des Windes im Garten. Deike hielt an, stieg aus und ging zu ihm. Sie balancierte fast auf Zehenspitzen, um sich die Absätze ihrer teuren Stiefel nicht in dem feinen Kies der Auffahrt zu ruinieren.

»Entschuldigung«, rief sie so freundlich, wie es ihr eben noch gelingen wollte.

Der Mann richtete sich auf, drehte sich um und sah sie fragend an.

»Ich suche das Haus Nummer fünf. Können Sie mir wohl sagen, wo ich das finde?«

»Wenn Sie mir sagen, in welcher Straße das sein soll«, gab er zurück.

»Es gibt hier keine Straßennamen«, klärte sie ihn auf.

»Ach, gibt es nicht?« War das Ironie in seiner Stimme, oder war der Typ wirklich so dämlich?

»Sie sind wohl auch noch neu hier, was?« Deike lächelte ihn verständnisvoll an. Offenbar hatte sie ins Schwarze getroffen, denn auch er brachte endlich ein Lächeln zustande.

»Nee«, sagte er gedehnt. »Ich bin hier aufgewachsen.«

Sie stutzte. Dann musste er doch wissen ...

»Und ich verwette Haus und Hof, dass Sie hier gar nicht sein wollen.«

»Sieht man mir das tatsächlich an?«, fragte sie verwundert.

»Nee«, sagte er wieder. »Aber wenn Sie keinen Straßennamen, sondern nur eine Hausnummer haben, dann wollten Sie jetzt eigentlich im Bergener Ortsteil Streu sein, im Osten der Insel.«

»Ja, genau«, stimmte sie zu, und ihr wurde flau im Magen.

Er lachte. »Sie sind aber im Westen, Fräulein, in Streu bei Schaprode.«

»Das darf doch nicht wahr sein. Sie wollen mir weismachen, dass es zwei Orte mit diesem albernen Namen gibt?«

»Jo!«

»Ich muss also wieder zurück bis nach Bergen?«

»So isses!«

Deike ließ den Kopf hängen.

»Trösten Sie sich, Fräulein, Sie sind nicht die Erste, der das passiert.« Er strahlte sie an. »Früher, als es diese Navigationsdinger noch nicht gab, da war selten einer so dusselig, sich zu verfahren. Aber jetzt haben wir das hier andauernd.«

Deike murmelte einen Abschiedsgruß und balancierte durch den Kies zurück. Getröstet fühlte sie sich ganz und gar nicht. Zu allem Überfluss fing es auch noch zu nieseln an.

Nach noch einmal vierzig Minuten und zwei Stopps, bei denen sie nach dem Weg hatte fragen müssen, erreichte sie einen holprigen Sandweg. Während sie im Schritttempo zwischen den Schlaglöchern Slalom fuhr, fürchtete sie ständig, dass der schwer beladene Kastenwagen jeden Moment aufsetzen würde.

»Die Doppelhaushälfte ist top in Schuss. Die wird dir gefallen«, hatte ihr Vater gesagt. Jetzt stand Deike vor Haus Nummer fünf, einem reetgedeckten Gebäude mitten im Nichts. Acht Häuser gab es in diesem Nest, acht! Sie musste dringend ein Wörtchen mit ihrem Vater reden. Hätte er ihr nichts in Bergens Zentrum besorgen können, direkt bei der Redaktion? Sie konnte nicht fassen, dass sie in völliger Einsamkeit und dann auch noch in so einer alten Kate wohnen sollte. Kein Wunder, dass die Miete billig ist, schoss es ihr durch den Kopf.

Das L-förmige Haus hatte zwei Eingänge, der rechte gehörte zu ihrer Haushälfte. Sie fingerte blind an der Innenseite der Reetenden über der Tür herum, wo der Vermieter den Schlüssel hinterlegt haben sollte. Plötzlich spürte sie einen kleinen Knubbel, der sich löste und in ihren Ärmel fiel. Der Knubbel hatte es offenbar sehr eilig, den Ausgang zu suchen. Deike spürte etwas krabbeln und schrie auf. Sie griff mit spitzen Fingern nach ihrem Ärmel, schüttelte ihn und ihren ganzen Körper, bis eine Spinne zu Boden fiel und das Weite suchte.

»Wie eklig!«, stieß Deike aus und atmete schwer.

Nachdem sie sich einigermaßen beruhigt hatte, sah sie sich um. Hoffentlich hatte sie niemand gesehen. Hektisch herumhopsend dürfte sie ein ziemlich komisches Bild abgegeben haben. Nein, die Vorhänge der anderen Haushälfte waren alle zugezogen, und auch sonst war da niemand weit und breit. Deike lugte unter das Dach, entdeckte den Schlüssel und betrat ihr neues Zuhause.

Der Anblick des Innenlebens versöhnte sie ein wenig: dunkelrote Fliesen, helle grob verputzte Wände, eine helle Küche und ein rot-weiß gefliestes Bad, alles modern und gemütlich. Auch die Möbel gefielen ihr. Sie hatte nur ihr eigenes Bett, die Truhe ihrer Urgroßmutter, die bisher jeden Umzug mitgemacht hatte, und ihren Schreibtisch mitgebracht.

»Dann wollen wir mal«, murmelte sie, zupfte die kurzen blond gesträhnten Haare vor dem Spiegel zurecht und zog ihre Lippen nach. Sie schnappte sich eine Flasche Champagner, die sie in der großen Umhängetasche parat hatte, ging zur Tür ihrer direkten Nachbarn und klingelte. Keine zwei Atemzüge später ging die Tür auf, als hätte der Bewohner schon dahinter gelauert. Deike sah an dem großen Mann mit dem blonden, schon etwas schütteren Haar herunter. Er trug ein verwaschenes Shirt, das einmal kräftig blau gewesen sein mochte, eine schlabberige Trainingshose und derbe Wollsocken. Ein hinterwäldlerischer Inselschlumpf, wie er im Buche steht!

»Hallo, ich bin Deike und wohne jetzt hier.« Sie setzte ihr schönstes Lächeln auf.

»Moin!« Er sah sie aus ernsten grauen Augen an. Wenn man mal von dem ausgeblichenen Shirt und den aus der Form geratenen Beinkleidern absah, war der Typ eigentlich ganz attraktiv.

»Also, genau genommen wohne ich noch nicht hier, sondern bin gerade erst im Begriff einzuziehen.« Ihr Lächeln wurde zu einem umwerfenden Strahlen. »Ich habe ein kleines Begrüßungsgeschenk mitgebracht.« Sie wedelte mit dem Schampus. »Und ich wollte Sie um den winzigen Gefallen bitten, mir eben beim Ausladen zu helfen«, flötete sie und deutete auf den Kastenwagen, der direkt vor dem Grundstück stand. Diese Masche hatte in Berlin und Frankfurt wunderbar funktioniert. Warum sollte das hier anders sein? »Es ist nicht viel, der Rest kommt mit einem Umzugsunternehmen nach.«

Der Mann ignorierte die ausgestreckte Hand mit der teuren Flasche. »Das passt mir eigentlich gar nicht«, knurrte er und blickte unsicher hinter sich, als ob dort gleich eine keifende Ehefrau auftauchen könnte. Oder vielleicht wohnte er noch mit seinen Eltern zusammen, unter deren Pantoffel er stand.

»Okay, wenn es nicht viel ist, packe ich kurz mit an. Ich ziehe mich nur eben um.« Damit schloss er die Tür vor Deikes Nase. Völlig perplex stellte sie den Champagner neben einem Blumenkübel ab und ging zum Auto.

Der Inselschlumpf war schnell zur Stelle. Er trug jetzt Jeans und Turnschuhe zum T-Shirt und sah schon viel besser aus.

»Wollen Sie sich keine anderen Schuhe anziehen?«, fragte er und betrachtete skeptisch Deikes hochhackige Stiefel.

»Nein, nein, die sind total bequem.« Als sie seinen zweifelnden Blick sah, fügte sie schnell hinzu: »Und sehr robust!«

Kein Kommentar. Er schnappte sich den ersten Karton, nahm die beiden Stufen vor dem Haus mit einem Schritt und verschwand in ihrer Haushälfte. Deike hatte gerade erst einen der Kartons von der Ladefläche gewuchtet, da war er schon zurück. Sie hatte Mühe, das Gewicht allein zu schleppen. Auf der feuchten Treppe rutschte sie aus und knickte auch noch um. Glücklicherweise konnte sie sich abfangen, ohne die Umzugskiste fallen zu lassen. Ihre Blicke trafen sich, doch er ersparte ihr eine Bemerkung.

Es dauerte keine halbe Stunde, bis der Wagen leer war.

»Brauchen Sie Hilfe beim Aufbauen der Möbel? Ein paar Minuten Zeit hätte ich wohl noch.«

»Das wäre toll. Danke!« Damit hatte sie gar nicht gerechnet.

»Okay, bin gleich wieder da.« Er verschwand wieder in seiner Haushälfte und schloss die Tür hinter sich. Die Flasche Champagner, die noch immer am Blumenkübel stand, ignorierte er. Komischer Kauz.

Diesmal dauerte es länger, bis er zurück war. Er hatte einen kleinen Werkzeugkoffer dabei.

»Zuerst das Bett«, verkündete Deike fröhlich. »Ich bin todmüde von der langen Fahrt. Ich dachte schon, ich komme gar nicht mehr an. Und dann bin ich auch noch falsch gefahren«, plapperte sie unbekümmert gegen seine Schweigsamkeit an. »Wussten Sie, dass es zwei Orte auf der Insel gibt, die Streu heißen?«

»Ja.«

»Natürlich, Sie wohnen ja hier.« Meine Güte, der Mann hatte entweder schrecklich schlechte Laune oder war ein Griesgram erster Güte.

Während sie redete, machte er sich an die Arbeit.

»Halten Sie mal hier fest.« Sein Akku-Schrauber surrte. Plötzlich war von nebenan ein hoher Ton zu hören. Er horchte kurz auf, sein Gesicht wurde noch ernster.

»Was war das?«, wollte Deike wissen.

Er antwortete nicht, sondern arbeitete noch ein wenig schneller weiter. In null Komma nichts war das Bett aufgebaut.

Der Ton von drüben wurde lauter, es klang fast wie ein Jammern. Ob er eine junge Katze oder einen kleinen Hund hatte?

»Ich muss los«, sagte er und packte auch schon sein Werkzeug zusammen.

»Klar, kein Problem, den Rest schaffe ich allein. Vielen Dank für die Hilfe!« Sie streckte ihm die Hand hin.

Er zögerte, dann griff er sie und drückte sie kurz und kräftig.

»Wenn ich mich irgendwie revanchieren kann ...«, setzte Deike noch hinzu, als er schon fast zur Tür hinaus war.

Er blieb stehen, drehte sich noch einmal um und sah sie von oben bis unten an.

Sie merkte, dass sie verlegen wurde, und das passierte ihr wirklich nicht oft. Aber dieser Typ brachte sie irgendwie durcheinander.

»Wie heißen Sie überhaupt?«, fragte sie hastig.

»Hannes.« Damit war er an seiner Haustür.

»Ich bin Deike«, rief sie und ärgerte sich im nächsten Moment. Sie hatte sich schließlich schon vorgestellt, wie es sich unter zivilisierten Menschen gehörte.

»Fahren Sie das Auto da weg«, kommandierte er, bevor er wieder hinter seiner Tür verschwand, und deutete mit dem Kopf auf ein kleines Rasenstück, das an drei Seiten von einem Jägerzaun eingefasst wurde. »Ihr Stellplatz ist der rechte.« Ohne einen Gruß schlüpfte er rasch ins Haus.

2.

Als Deike am übernächsten Morgen zum ersten Mal ins Büro nach Bergen fuhr, hatte sie sich mit ihrem Wohnort bereits angefreundet. Der Nieselregen, der ihr die Laune bei ihrer

Ankunft verhagelt hatte, war einer milden Aprilsonne gewichen. Deike hatte alle Fenster geöffnet und laut Musik gehört, während sie ihren Schreibtisch montiert, die Bücher und ihre Kleidung eingeräumt hatte. Ihr Optimismus war tatsächlich wieder zurückgekehrt, nur unterbrochen von einer unschönen Begegnung mit Schlabberhosen-Hannes – er schien diese Trainingshose täglich zu tragen! Er hatte geklingelt, um sie mit gewohnt ernster Miene aufzufordern, die Musik leiser zu stellen. Zwar hatte er dabei irgendwie zerknirscht gewirkt, als sei es ihm unangenehm, sie darum zu bitten, aber das machte es auch nicht besser. Er sollte sich bloß nicht einbilden, er könne sie nach seiner Pfeife tanzen lassen.

Am Nachmittag hatte sie das schöne Wetter für einen ersten Erkundungsspaziergang genutzt. Gleich hinter dem Grundstück erreichte sie den Schilfgürtel des Kleinen Jasmunder Boddens. Es ging kaum ein Wind, so dass die Halme nur selten ein flüsterndes Rascheln hören ließen. Das Wasser lag glatt wie ein Spiegel und glitzerte, dass es in den Augen wehtat. Deike war einen kleinen Sandweg entlanggeschlendert. Einmal war sie stehen geblieben und hatte ganz tief eingeatmet. Herrlich, das war Ferienluft! In Berlin und Frankfurt roch es immer ein bisschen nach Abgasen. So klare Luft wie hier kannte sie nur noch aus dem Urlaub.

»Guten Morgen, herzlich willkommen auf Rügen!« Andrea, eine große schlanke Frau, deren gewölbter Bauch auf den ersten Blick verriet, warum sie die Redaktionsleitung demnächst für längere Zeit aufgeben würde, begrüßte Deike zu ihrem ersten Arbeitstag. »Hast du dich schon ein bisschen eingelebt?«

»Na ja, ich bin ja vorgestern erst angekommen. Das wird wohl noch ein Weilchen dauern.«

»Klar. Am besten liest du erst mal ganz in Ruhe unsere letzten Ausgaben. So erfährst du einiges über die Insel und siehst gleich, wo in unserem Heft die Schwerpunkte liegen und welche Anzeigenkunden für uns wichtig sind. Apropos Anzeigenkunde: Du hast nachher eine Verabredung mit M.«

»M.?«

»Alle nennen ihn so. Frag mich nicht, warum. Er hat ein Hotel und betreibt eine Therme mit Heilquellen. Und er schaltet in jeder Ausgabe ganzseitige Anzeigen.« Andrea warf ihr einen bedeutungsvollen Blick zu. »In zwei Wochen nimmt er ein neues Salzwasserbecken in Betrieb, das sollst du vor der Eröffnung schon mal kennenlernen.«

»Ich soll baden gehen?«

»Klar, sonst kannst du schließlich nicht darüber schreiben.«

»Super!« Deike strahlte. Gut, nach einer riesigen Badelandschaft hörte sich das nicht gerade an, aber doch nach einem netten Termin.

»Anschließend werdet ihr zusammen essen. Dann kannst du M. Fragen stellen. Wenn du zu Wort kommst«, fügte sie hinzu und rollte grinsend mit den Augen. »Er kennt die Insel besser als seine Westentasche und wird dir bestimmt jede Menge erzählen.«

Deikes Laune hätte nicht besser sein können. Während der bezahlten Arbeitszeit im Wasser dümpeln, bis die Haut ganz runzelig wird, und dann eine Einladung zum Essen, das war nicht übel für den ersten Tag.

Die Stunden flogen nur so dahin. Deike arbeitete die letzten vier Ausgaben von *Rügen aktuell* durch, ließ sich die Büroordnung erklären, und dann musste sie auch schon los, um ihre Badesachen zu holen und pünktlich in der Therme zu sein.

Die lag nur wenige Schritte vom breiten Strand der Prorer Wiek entfernt. Sie war ein paar Minuten zu früh und nutzte die Zeit, um sich umzusehen. Alle Achtung, mit einem solchen Strand hatte sie nicht gerechnet. Er war ungeheuer lang und feinsandig. Unzählige Muscheln knirschten unter ihren Schuhen. Sie blieb stehen und betrachtete die Steilküste der Frankenberge. Dahinter musste Sellin mit seiner Seebrücke liegen, von der Natty so geschwärmt hatte. Deike war fasziniert. Sie dachte an die langen Strände im Süden von Fuerteventura, die sie sehr mochte. Einzig die fiesen Hotelklötze hatten sie dort schwer gestört, die einem den ganzen herrlichen Blick verdarben. Hier gab es auf der einen Seite die Ostsee, die an diesem kühlen windigen Tag kraftvoll auf den Sand klatschte, und auf der anderen Seite hohe Kiefern, hinter denen sich sämtliche Gebäude verstecken konnten. Genau das würde sie in ihrem ersten Artikel für *Rügen aktuell* schreiben, beschloss sie, während sie sich beeilte, pünktlich zu ihrem Termin zu kommen.

Wenig später ließ sie sich auf dem Rücken durch das runde Solebecken, das Herzstück eines gläsernen Pavillons, treiben. Das warme Wasser war herrlich. In dem dünnen Blazer, den sie im Hinblick auf das Abendessen mit M. gewählt hatte, war es am Strand ziemlich kalt gewesen. Sie schloss die Augen und freute sich darüber, dass sie nach dem Gespräch mit Hartmann, in dem er ihr zum ersten Mal eine leitende Position auf einer Insel in Aussicht gestellt hatte, in einem Anfall völlig verfrühter Euphorie diese sündhaft teure wasserfeste Wimperntusche gekauft hatte. So brauchte sie sich keine Sorgen zu machen, wenn ihr Make-up einige Spritzer Wasser abbekam. Sie hatte den Gedanken noch gar nicht zu Ende geführt, da plumpste neben ihr etwas ins Wasser und löste eine Welle aus, die Deikes Gesicht einmal komplett überspülte. Sie versuchte sich hinzustellen, bekam die Füße aber wegen des hohen Salzgehalts und der dadurch bedingten Tragfähigkeit des Wassers nicht so leicht auf den Boden und musste ordentlich mit den Armen rudern, bis sie schließlich stand. Sie würgte und hustete. Gegen gutgewürztes Essen hatte sie nichts einzuwenden, aber dieser Salzgeschmack war entsetzlich.

»Da haben Sie aber Glück, dass mir nichts aus der Hand gefallen ist, was Strom führt«, rief eine Stimme vergnügt von oben.

Deike legte den Kopf in den Nacken und blinzelte in Richtung Decke. Verschwommen konnte sie einen Mann erkennen, der den Pavillon betreten haben und auf das Baugerüst und von dort in die Konstruktion unter der Decke geklettert sein musste, als sie auf dem Rücken, die Ohren unter Wasser, durch das Becken getrieben war.

»Glück?«, fauchte sie und kniff die Augen zu, die wie verrückt brannten. »Das Ding hätte mich erschlagen können! Was war das überhaupt?« Sie öffnete die Augen kurz, um sich umzusehen, musste sie aber sofort wieder schließen. Herrje, das brannte wirklich fürchterlich.

»Das war nur ein Plastikrohr, das wiegt nicht viel«, kam die Stimme von oben. Von den Geräuschen, die ebenfalls an Deikes Ohr drangen, leitete sie ab, dass der Handwerker vom Gerüst kletterte.

»Wieso arbeiten Sie überhaupt noch um diese Zeit? Schon mal etwas von Feierabend gehört?« Sie streckte die Arme vor und machte unsichere Schritte in Richtung Beckenrand.

»Haben Sie schon mal etwas von Fertigwerden gehört? Hier ist noch einiges zu tun, in zwei Wochen soll Eröffnung sein. Was machen Sie hier überhaupt? Der Bereich ist für Gäste gesperrt. Haben Sie die Schilder und die Absperrung nicht gesehen?«

Sie erklärte ihm, dass sie Journalistin und von M. persönlich eingeladen sei. Endlich erreichten ihre Fingerspitzen den Beckenrand.

»Kommen Sie, ich helfe Ihnen.« Die Stimme war jetzt ganz nah. Der Mann nahm ihre Hände in seine und führte sie langsam bis zur Treppe. Dann half er ihr aus dem Wasser und brachte sie zu ihrem Handtuch.

»Danke.« Sie wickelte sich ein und versuchte zu blinzeln, aber es tat noch immer teuflisch weh. Trotzdem sagte sie: »Den Rest schaffe ich schon alleine.«

»Okay, dann rette ich jetzt mal das Rohr.« Damit ließ er sie stehen.

Deike brauchte lange für den Weg zu den Umkleidekabinen. Ihre Augen tränten noch immer pausenlos, aber immerhin konnte sie sie allmählich wieder öffnen. Sie sah zwar noch verschwommen, war jedoch in der Lage, sich zu orientieren. Und irgendwann hatte sie ihre Sehkraft vollends zurück. Sie warf als Erstes einen Blick in den Spiegel.

»Na toll!«, stöhnte sie. Nicht genug, dass die Wimperntusche den Härtetest nicht bestanden, sondern sich großflächig um die Augen verteilt hatte, waren diese auch noch deutlich gerötet. Sie zog sich eilig an und versuchte, die dunkelgrauen Ringe abzuwischen. Jetzt zeigte die Tusche noch einmal so richtig, was sie konnte. Deike musste schrubben und reiben, bis das Zeug weg war. Das Ergebnis waren rote Ringe, die ihre Augen farblich durchaus passend einrahmten. Super, sie sah aus wie ein Rotgesichtsmakak, den sie einmal in einer Dokumentation über japanische Affen gesehen hatte.

Fünf Stunden später waren nicht nur die Rötungen verschwunden, auch ihr Ärger war verflogen. Das Essen war wirklich ausgezeichnet gewesen und das Gespräch mit M. sehr angenehm. Wie Andrea angekündigt hatte, brauchte man bei ihm kein peinliches Schweigen oder eine zähe Konversation zu fürchten. M. gehörte zu den kommunikativen Männern und hatte ein bewundernswertes Wissen. Zum Beispiel erklärte er ihr, warum gerade der hohe Salzgehalt, der Deike etwas zu schaffen gemacht hatte, besonders gesund war. Zudem konnte er unzählige Anekdoten über Rügen und seine Geschichte zum Besten geben. Er hatte von der ersten Minute dafür gesorgt, dass Deike sich wohlfühlte und es ihr sogar gelang, die leuchtenden Flecken in ihrem Gesicht zu vergessen.

Als sie nun nach Hause kam, war sie total erledigt. Sie wollte nur noch auf das gemütliche kleine Sofa, das sie gleich am ersten Abend ins Herz geschlossen, und noch ein wenig in den Unterlagen über Rügen stöbern, mit denen Andrea sie versorgt hatte.

»Sie müssen die neue Nachbarin sein!«

Deike drehte sich, den Hausschlüssel in der Hand, überrascht um. Vor ihr stand eine kleine Frau, die ihr höchstens bis zur Brust reichte. Im schwachen Schein der einzigen Laterne, die es weit und breit gab, schimmerte das sorgsam ondulierte Haar rosa. Der Zwergpudel, den sie an der Leine führte, damit er zu später Stunde noch sein Geschäft erledigen konnte, hatte die gleiche Farbe.

»Guten Abend«, sagte Deike zögerlich. Sie warf einen unsicheren Blick auf die Haushälfte von Schlabberhosen-Hannes, wo wieder einmal sämtliche Vorhänge zugezogen waren.

»Juten Abend«, antwortete die kleine rosa Frau fröhlich. »Wir wohnen da drüben.« Sie reckte das Kinn in Richtung des weiß verputzten Einfamilienhauses, das von einem großzügigen Garten umschlossen an den rechten Rand des Doppelhaus-Grundstücks grenzte.

Großartig, dachte Deike, jetzt kenne ich Menschen aus zwei Häusern hier im Ort. Das ist immerhin schon ein Viertel!

»Duschel.« Die zierliche Person hatte die Stufen erklommen und reckte Deike die Hand hin.

»Was?«

»Mein Name ist Duschel, Laetitia Duschel. Mir kommen aus Düsseldorf, min Mann un ich. Haben dort in Mode jemacht, eine Reihe Boutiquen und ein Outlet. Das war viel Arbeit, kann ich Ihnen sagen!« Sie schnaufte. Der Pudel hatte sich bis zum Blumenkübel und der dort noch immer verloren herumstehenden Champagnerflasche geschnüffelt und hob das Bein. Deike wollte etwas sagen, doch da sprach Nachbarin Duschel schon weiter.

»Sie sind doch auch nicht von hier.«

»Nein, ich komme aus Frankfurt.«

»Ah, sojet hab ich mir jedacht«, stieß sie triumphierend aus. »Ach, da krech ich Heematjeföhls. Wir sind hier vor drei Jahren herjezogen, müssen Sie wissen. Vorher waren wir schon oft als Urlauber auf Rügen, gleich nach der Wende das erste Mal. Und dann haben wir beschlossen, hier unseren Lebensabend zu verbringen.« Wieder seufzte sie laut und herzzerreißend. »Et es äwwer och zu schön!« Sie schwärmte Deike derart von der Insel vor, von den langen Stränden, den wunderbaren Wanderwegen auf den Kämmen der Steilküsten, von den Kreidefelsen natürlich und dem Roland, den ihr Mann besonders liebte, dass diese auf der Stelle Lust bekommen hätte, hierherzuziehen, wenn sie nicht schon hier wohnen würde. »Nur die Einheimischen sind ein bisschen schwierig«, behauptete Laetitia Duschel und senkte ihre etwas zu schrill geratene Stimme. »An die kommt man nit ran.« Für einen kurzen Moment verfinsterten sich ihre Gesichtszüge, aber das breite Lächeln kehrte augenblicklich zurück. »Jetz hant mir ja Ehr!«

»Ja, jetzt haben Sie mich«, gab Deike halbherzig zurück.

Wieder wechselte die Mimik der Duschel schlagartig. »Sie wohnen doch wohl nicht alleine hier?«

»Doch, warum nicht?« Allmählich verlor sie die Lust auf die nachbarschaftliche Plauderei.

»Haben Sie denn keine Angst?«

Deike lachte. »Nein. Wovor sollte ich denn Angst haben?«

»Na, vor dem!« Sie reckte das Kinn kaum merklich in Richtung der anderen Haushälfte und zog hektisch ihren Pudel heran, als habe sie erst jetzt bemerkt, dass dieser dort herumschnüffelte. »Dat is ne fiese Möpp«, flüsterte sie verschwörerisch und kniff die Augen zusammen.

Zunächst widersprach Deike und nahm Schlabberhosen-Hannes in Schutz. Immerhin hatte er ihr mit den Möbeln und den Kartons geholfen. Nur weil er etwas eigenbrötlerisch war, musste er doch nichts auf dem Kerbholz haben. Je länger die Duschel aber erzählte, was sie schon alles mit ihm erlebt hatte und was man so von ihm hörte, desto mulmiger wurde es Deike. Ihr fiel das klägliche Jammern ein, das von drüben zu hören gewesen war, als er ihr Bett montiert hatte. War er nicht geradezu panisch aus dem Haus gestürzt? Womöglich hielt er jemanden gefangen! Deikes Phantasie machte sich selbständig. Sie musste an Norman Bates aus *Psycho* denken und hatte sofort die mumifizierte Leiche einer alten Frau vor Augen. Vielleicht hatte er seine Mutter umgebracht und lebte nun komfortabel von ihrem Geld und mit ihren Überresten. So ein Quatsch, schalt sie sich, eine Mumie könnte ja wohl nicht mehr jammern.

»Ich passe schon auf mich auf«, versprach sie der besorgten Duschel, die die Nachbartür anstarrte, als wohne dahinter der Leibhaftige persönlich. »Es war nett, Sie kennenzulernen.«

3.

Die nächsten Tage verbrachte Deike damit, sich im Büro einzuarbeiten. Meistens blieb sie dort nur bis zur Mittagspause und beschäftigte sich am Nachmittag mit einer der Touristenattraktionen, über die sie natürlich Bescheid wissen musste. Sie fing mit dem an, was in der Nähe lag, wie zum Beispiel der Rasende Roland, den Herr Duschel so liebte. Von Bergen nahm sie die Bahn nach Putbus. Dort konnte sie in den Roland steigen, einen alten Dampfzug, der zwar auch noch als normales Verkehrsmittel genutzt wurde, vor allem aber wohl ein Gästemagnet war. Die Fahrt nach Sellin würde etwa eine Stunde dauern. Deike würde sich den Ort ansehen, zurück nach Putbus dampfen und von dort bequem nach Hause fahren. Ein guter Plan.

Das Bahnhofsgebäude war liebevoll gestaltet. Deike, die sich mit Eisenbahnen im Allgemeinen und Spurweiten im Speziellen nicht im Entferntesten auskannte, fand, dass die Gleise an eine Bimmelbahn in einem Freizeitpark erinnerten. Sie kam sich vor wie in Liliput. Auch eine große Attraktion fiel auf dieser Insel eben klein aus. Daran würde sie sich gewöhnen müssen. Immerhin schien sie Glück zu haben. Die Bahnsteige waren ziemlich voll. Scharenweise liefen Männer herum, die mit hochwertigen Kameras und Objektiven ausgerüstet waren. Das musste bedeuten, dass hier heute etwas Besonderes los war. Entsprechende Aushänge oder Plakate konnte sie nicht entdecken, aber die Aufregung unter den Männern war deutlich zu spüren.

Sie sprach einen Schaffner an: »Entschuldigung, was ist denn hier heute los?«

Sie erntete einen Blick, als hätte sie nach der Ankunftszeit einer fliegenden Untertasse gefragt.

»Was soll los sein?«, brummte der Mann, der sich in seiner blauen Uniform einschließlich Mütze offenbar sehr wichtig vorkam.

»Na, es liegt doch auf der Hand, dass die Leute hier gleich eine Besonderheit erwarten.« Deike hatte keine Lust, sich von diesem Kerl veralbern zu lassen. Wenn er meinte, er sei etwas Besseres mit seinem Outfit und als vermutlich in x-ter Generation auf Rügen Geborener, dann hatte er sich aber geschnitten. »Zufällig stehen die wohl kaum mit dem Fotoapparat im Anschlag hier herum«, setzte sie patzig nach.

Ein breites Grinsen erschien auf dem runden Gesicht des Schaffners.

»Stimmt, zufällig steht hier niemand rum.« Er sah kurz an ihr vorbei und ergänzte: »Da kommt die Besonderheit.«

In der Ferne war ein rhythmisches Schnaufen zu hören, dann ein Tuten, wie sie es noch nie gehört hatte. Sie konnte dicken grauen Qualm erkennen. Die Männer waren noch aufgeregter geworden, liefen aneinander vorbei, um einen freien Blick auf den einfahrenden Zug zu haben. Jeder wollte am dichtesten an das Motiv herankommen und anscheinend bloß keinen Menschen mit auf sein Bild bekommen. Deike fiel auf, dass die eindeutig in der Unterzahl vertretenen Frauen deutlich entspannter wirkten. Die eine oder andere hatte auch eine Kamera zur Hand, allerdings schienen sie es nicht eilig zu haben, die besten Aufnahmen zu schießen.

Allmählich schälte sich aus dem Qualm eine schwarze Lokomotive.

»Eine BR 99«, rief jemand verzückt.

»Was sonst?«, fragte ein anderer mit unverhohlener Verachtung in der Stimme.

Der Nächste erklärte seiner gänzlich uninteressierten Frau: »Das ist die 4802-7, die hat uns gestern auch nach Göhren gebracht.«

Deike hörte mit gespitzten Ohren zu, während die Lok sich fauchend näherte.

»Ein Vierkuppler, siehst du?« Der Mann versuchte verzweifelt, das Interesse seiner Frau doch noch zu gewinnen.

»Man spricht von einem D-Kuppler«, korrigierte ihn ein kleiner Kerl, der eine Kamera mit überdimensionalem Objektiv um den Hals trug. Es war erstaunlich, dass er das Gleichgewicht halten konnte und nicht vornüberkippte. Hektisch blickte er ständig von einer Seite des Bahnsteigs zur anderen, um nur ja nichts zu verpassen.

»Eine Köf, eine Köf«, rief er plötzlich und lief, die Kamera hoch reißend, in die entgegengesetzte Richtung des eingefahrenen Zuges.

Deike begriff, dass das Aufgebot bahnbegeisterter Männer zum Alltag gehörte und keiner herausragenden Attraktion bedurfte. Sie musste schmunzeln. Gut, so ein altes Dampfross hatte schon etwas Faszinierendes an sich und erinnerte an Jim Knopf. Die grün-beigen Abteile waren in ihren Augen jedoch nicht gerade dekorativ. Nein, so recht konnte sie die Aufregung und die ungezügelte Begeisterung der Herren nicht verstehen. Sie wählte den Wagen direkt hinter der Lok und stellte sich zunächst auf die überdachte Plattform, auf der man auch während der Fahrt bleiben durfte. Dort hatte sie ständig frische Luft und bestimmt einen richtig guten Blick. Ein schriller Pfiff des Schaffners, ein Tuten von Roland, jede Menge dicke Luft, und die alte Lokomotive setzte sich in Bewegung. Der Rhythmus des Schnaufens und Stampfens wurde rasch schneller. Das mit der frischen Luft konnte sie vergessen, es roch penetrant nach Öl. Trotzdem gefiel es ihr draußen, wo der Fahrtwind ihr den kurzen Schopf zerzausen konnte, richtig gut. Eine Familie mit zwei Kindern, die eben noch neben ihr gestanden hatte, verzog sich in das Abteil. Gut so, dann konnte Deike sich ungestört auf der Plattform bewegen und mal die Landschaft links und rechts von den Gleisen betrachten.

Sie fuhren an Beuchow und Posewald vorbei. Wer hier aussteigen wollte, musste das dem Bahnpersonal frühzeitig mitteilen, wie Deike gelesen hatte. Reguläre Haltestellen waren das nicht. So etwas gab es wohl auch nur auf einer Insel. Die Trasse schlängelte sich zwischen Waldstücken und weiten grünen Feldern hindurch. Deike war froh, ihre Sonnenbrille mit den großen Gläsern zu tragen. Der Roland-Rauch stank nämlich nicht nur, er wirbelte auch kleine Schmutzpartikel durch die Luft, Asche vermutlich. Die wollte sie keinesfalls in die Augen bekommen. Sonst sah sie wieder aus wie ein Rotbrillenaffe.

Die Abteiltür öffnete sich, und ein Mann, etwa in Deikes Alter, trat zu ihr auf die Plattform.

»Hallo!«, rief er fröhlich und in einem Ton, in dem Deike höchstens gute Bekannte begrüßen würde.

»Hallo«, gab sie zaghaft zurück.

»Was machen Sie denn hier? Wichtige Recherchen für den nächsten Artikel?« Er lehnte sich gegen die Fahrtrichtung mit dem Rücken an eine Eisenstange und sah sie interessiert an.

»Kennen wir uns?« Der Mann sah gut aus. Große ausdrucksvolle Augen, sinnliche Lippen. Unter einer Baseballkappe, deren Schirm den Nacken bedeckte, lugten kurze schwarze Haare hervor mit einem Hauch Gel darin. An den würde sie sich doch erinnern, wenn er ihr schon einmal über den Weg gelaufen wäre.

»Ich habe Ihnen neulich aus dem Wasser geholfen. In der Therme, wissen Sie noch?«

Es dämmerte ihr augenblicklich. »Sie haben mich beinahe erschlagen und gleichzeitig ertränkt!«, ereiferte sie sich.

Der Mann blieb gelassen. »Sie haben mich nicht vergessen«, rief er erfreut. »Ich bin Silvio.« Er reichte ihr die Hand.

»Deike.« Es fiel ihr schwer, eine abweisende Miene durchzuhalten, wenn sie in seine lachenden Augen sah. Sie hoffte, dass sie wenigstens durch die Sonnenbrille ein bisschen distanziert wirkte.

»Sie müssen hier langfahren, wenn der Raps blüht«, erklärte er. »Dann ist diese Strecke richtig schön.«

Noch waren die Felder grün, aber Deike konnte sich leicht vorstellen, wie herrlich es sein würde, wenn sie in kräftigem Gelb leuchten würden. »Ja, kann ich mir denken.«

»Eine Sensationsstory ist die Fahrt im Roland allerdings nicht. Ich glaube, es gibt nichts, was nicht schon über ihn geschrieben wurde.«

»Ich habe auch nicht vor, einen Artikel darüber zu machen. Jedenfalls noch nicht so bald.« Sie erzählte, für welches Heft sie arbeitete, dass sie sich gründlich auskennen musste und darum nun die Insel erkundete. Silvio war italienischer Einwanderer in der dritten Generation, wie er sich ausdrückte. Sein Großvater war aus Neapel nach Bochum gekommen, wo Silvio geboren und aufgewachsen war. Als er zwölf war, kam die Wiedervereinigung, und sein Vater, ein Maurer, der auch mit Holz umgehen und zur Not mal eine Leitung verlegen konnte, meinte, im

Osten könne man viel Geld machen. So zog die Familie erst nach Stralsund und vor rund zehn Jahren nach Rügen.

»Dann kennen Sie die Insel vermutlich bis in jeden Winkel«, warf Deike ein.

»Auf jeden Fall! Wenn Sie etwas wissen wollen, fragen Sie mich. Vor allem zum Roland kann ich Ihnen alles sagen.« Er sah sie erwartungsvoll an.

Die technischen Daten der Schmalspurbahn interessierten Deike nicht ansatzweise, aber das sagte sie nicht. Viel mehr klagte sie, wie schwierig es sei, als Fremde ganz allein eine so große Insel zu erkunden. Sie gab ihm jede erdenkliche Vorlage, aber er stieg nicht darauf ein. Verstand er sie wirklich nicht, oder wollte er sie nicht verstehen? Was immer sie sagte, er bot sich ihr nicht als Fremdenführer an. Dabei drehte er doch die ganze Zeit dem spektakulären Ausblick an der Lok vorbei auf die vorüberziehende Landschaft, den hübschen Schmachter See mit seinem schilfbewachsenen Ufer und den Bahnhof von Binz den Rücken zu, um sie ansehen zu können. Auch sein Lächeln signalisierte doch wohl eindeutig Interesse.

Bevor Deike in Sellin den Zug verließ, erwähnte sie noch einmal ganz beiläufig *Rügen aktuell* und dass die Redaktion in Bergen sei. Vielleicht war er einfach nur schüchtern und ärgerte sich selbst später, dass er sich nicht mit ihr verabredet hatte. Dann konnte er sie wenigstens erreichen. Sie musste an Natty denken. Ihre Schwester hätte nicht lange um den heißen Brei herumgeredet, sondern ihm ganz direkt ein Rendezvous vorgeschlagen. In ihre Gedanken versunken folgte Deike der Beschilderung in Richtung Strand. Sie schlenderte eine kopfsteingepflasterte Straße hoch, die über dem Meer zu enden schien. Die Ostsee tauchte am Horizont auf, dunkelblau und mit kleinen sanften Wellen. Linker Hand erhob sich ein schickes Hotel, pastellfarben-sonnig, mit einem Turm, von dem man mit Sicherheit eine traumhafte Aussicht auf das Meer hatte. Sie blickte auf das Türmchen mit seinem umlaufenden Balkon. Dort stand ein Paar. Er hielt sie im Arm und deutete mit der freien Hand hinaus auf das Wasser. Wenn das da oben mal nicht die Hochzeits-Suite war, ging es Deike durch den Kopf. Sie folgte unwillkürlich mit dem Blick in die Richtung, in die der Mann auf dem Balkon zeigte, und sah zum ersten Mal die Seebrücke.

»Ist die schön!«, flüsterte sie. Ihre Schwester hatte einen guten Geschmack, das war nicht zu leugnen. Die eigentliche Brücke führte vom Fuß der steilen Holztreppe, an der Deike jetzt angekommen war, zu einem strahlend weißen Gebäude, das auf Stelzen in der Ostsee stand. Mit seinen runden Sprossenfenstern, den Spitzen, Türmchen und Pavillons sah es aus wie ein Märchenschloss. Sie fühlte sich wie ein Filmstar, als sie die Stufen hinabstieg und über die Brücke schritt. Eine Frau, die ihr entgegenkam, lächelte sie herzlich an. Deikes Herz machte einen Hüpfer. Schön hier! Sie sollte Hartmann anrufen und ihm für diese Stelle danken. Sie atmete die salzige Luft noch einmal tief ein, blickte über die seichten Wellen, schob ihre Sonnenbrille ins Haar und betrat das Restaurant.

Auch die Kellnerin, die gleich die Bestellung aufnahm, war extrem freundlich. Deike fragte sich, was Nachbarin Duschel an den Einheimischen so schwierig fand. Ihr erschienen sie offen und viel lustiger als die Leute in Frankfurt oder Berlin.

»Na, mit dem Roland gekommen?«, wollte die Kellnerin wissen.

Deike war zuerst überrascht, dachte dann aber, dass das Personal mit Sicherheit den Fahrplan kannte.

»Ja«, bestätigte sie. »Das war wirklich eine schöne Tour. Hätte ich nicht gedacht.«

»Das war wohl Ihre erste Fahrt?«

Deike nickte. »Aber bestimmt nicht die letzte«, fügte sie fröhlich hinzu. Dann bestellte sie Ostseedorsch und Sanddornsaft und ließ sich den Weg zur Toilette erklären. Im Sanitärbereich nahm sie aus dem Augenwinkel ihr Spiegelbild wahr und erschrak. Sie trat hastig an eines der Waschbecken heran und starrte ihr Konterfei an. Deshalb hatte Silvio also die ganze Zeit gegrinst, dieser Mistkerl. Hätte er ihr nicht einen kleinen Tipp geben können? Deikes Gesicht war vom Ruß der Dampflok geschwärzt. Nur der Bereich um die Augen, der von der Sonnenbrille geschützt war, trat als weißes Oval daraus hervor. Sie sah aus wie eine Eule!

Wenn ich so weitermache, habe ich bald die gesamte Tierwelt durch, dachte Deike und begann, ihr Gesicht zu waschen. Ihre hellblaue Bluse hatte auch ordentlich Dreck abbekommen. Nun gut, wenn sie die Jeansjacke bis oben zuknöpfte, fiel es nicht gleich auf. Während sie sich rasch bewegte, rieselte immer mehr Asche aus ihren Haaren, die nicht mehr blond, sondern eher grau aussahen.

Von wegen, das Personal kennt den Fahrplan. Und das Lächeln von der Frau auf der Brücke war auch nicht herzlich, sondern belustigt gewesen. Nie wieder würde Deike den ersten Wagen hinter der Lok besteigen, das schwor sie sich.

»Sagen Sie, ist es eigentlich ein spezielles Vergnügen der Rügener, sich über ihre Gäste lustig zu machen?«, fauchte sie die Kellnerin an, als diese den Fisch servierte.

»Wieso, was meinen Sie?« Die Frau tat wirklich überzeugend unschuldig.

»Hätten Sie mir nicht sagen können, dass ich aussehe wie ein Schornsteinfeger?«

»Ich dachte, das wüssten Sie. Woher hätte ich sonst wissen

sollen, dass Sie mit dem Roland gekommen sind?« Die großen Kulleraugen, pures Unverständnis in der Mimik – diese Inselbewohner waren ausgesprochen raffiniert. Deike würde sich in Zukunft mehr vor ihnen in Acht nehmen. Und sie würde ab sofort immer einen kleinen Spiegel in ihrer Tasche haben.

Während der Rückfahrt blieb Deike im Abteil. In Putbus hatte sie sofort Anschluss nach Bergen, so dass sie recht früh zu Hause war. Da hatte der Tag ja doch noch etwas Gutes. Sie bog schwungvoll auf den Stellplatz ein, schnappte sich ihre Tasche vom Beifahrersitz und stieg aus. Hier am Bodden war der Wind schwächer als draußen am Strand. Dadurch war es wärmer. Sie würde duschen und sich anschließend ein wenig auf ihre kleine Terrasse setzen. Kaum hatte sie die beiden Stufen vor dem Eingang genommen, flog die Tür der benachbarten Haushälfte auf. Schlabberhose verstellte ihr den Weg. Der hatte ihr gerade noch gefehlt.

»Sie stehen auf meinem Parkplatz.« Er sah sie streng an, schlug dann aber die Augen nieder.

»Auf unserem Parkplatz, ich stehe auf unserem Parkplatz.« Irgendwo heulte eine Kreissäge. Deike war genervt. Da wohnte sie schon in einem Kaff und konnte trotzdem nicht ruhig und friedlich leben. »Zwei Haushälften, zwei Parkplatzhälften«, fuhr sie ihn an.

»Stimmt. Und Ihre ist die rechte. Sie stehen aber links.«

»Haben Sie hinter der Gardine gelauert, oder was?«

»Nein, ich nicht, aber …« Er wirkte plötzlich irritiert.

»Herrje, es ist doch nun wirklich egal, wer auf welcher Seite steht«, setzte Deike nach. »Die Hauptsache, jeder kann sein Auto vernünftig abstellen. Apropos, haben Sie überhaupt ein Auto? Ich sehe Sie immer nur mit einem Fahrrad.«

»Mir steht der Platz zu, ob ich ein Auto habe oder nicht«, ereiferte er sich. »Und zwar der linke!«

Unfassbar, wie verstockt dieser Kerl war! Deike schätzte ihn auf Mitte oder Ende dreißig, also nicht sehr viel älter als sie selbst war. Aber er benahm sich wie ein Achtzigjähriger. Nein, sie wollte älteren Herrschaften nicht Unrecht tun. Schlabberhose benahm sich schlimmer.

»Haben Sie eine Rechts-Phobie, oder was ist mit Ihnen los?«

»Wenn Sie sich beim Parkplatz nicht daran halten, benutzen Sie nachher auch noch meine Gartenhälfte. Es geht ums Prinzip.«

Das hörte sie wahrlich nicht zum ersten Mal. Andauernd ging es ihm nur ums Prinzip. Wahrscheinlich fehlten ihm einfach bessere Argumente.

»O ja, schließlich gibt es keinen Zaun. Da kann es schon passieren, dass ich mich auf Ihre Terrasse lege, weil die viel schöner ist als meine.« Ihre Stimme triefte vor Ironie. »Schlimmer noch: Wenn Sie mir das mit dem Parkplatz durchgehen lassen, dann nehme ich das mit der richtigen Haushälfte auch nicht mehr so genau. Links oder rechts, was spielt das schon für eine Rolle? Und schwupp, wohne ich doch glatt in Ihrer Hälfte.« Kopfschüttelnd ließ sie ihn stehen und schloss ihre Tür auf.

»Deike?« Aha, ihm war endlich bewusst geworden, wie lächerlich er sich machte, und es war Zeit für eine Entschuldigung. Sie drehte sich zu ihm herum.

»Würden Sie jetzt bitte Ihr Auto umparken?«

Nach der Dusche fühlte Deike sich zwar besser, doch so recht wollte der Ärger über diesen Starrkopf nicht verfliegen. Immerhin musste sie neben ihm wohnen. Sie stellte sich einen Stuhl an den Zaun zum Duschel-Grundstück, wo es noch ein wenig Sonne gab, und begann, über den Königsstuhl und den Kreideabbau zu lesen. Immer wieder erwischte sie sich dabei, dass sie zwar auf das Papier starrte, aber keine Zeile aufnahm. Ihre Gedanken wanderten ständig zurück zu Schlabberhose. Sollte sie ihn in aller Ruhe darauf ansprechen, dass sie mit seinem Dickschädel ein echtes Problem hatte? Oder war es klüger, sich einfach an seine Regeln zu halten? Es war schließlich wirklich gleichgültig, wo sie parkte. Und sehr häufig drehte sie ohnehin nicht die Musik laut auf. Andererseits: Was würde ihm noch alles einfallen? Wo würde das enden? Die Kreissäge kreischte wieder. Auch das noch! Deike gab auf und wollte den Stuhl gerade wieder in das Haus tragen.

»Frollein!« Die Duschel kam eilig über den Rasen gestapft, im Arm einen großen Topf. »Hier, das müssen Sie probieren!« Schon hatte sie den Zaun erreicht und fischte einen Löffel aus der Tasche ihrer Schürze.

»Das ist nett gemeint, aber ich wollte gerade ...« Weiter kam Deike nicht.

»Die jungen Frauen von heute können doch jar nit mehr kochen«, schrie die Duschel gegen die Kreissäge an, bemüht, ihren Düsseldorfer Dialekt im Zaum zu halten. »Dat is Rheinische Muschelsuppe. Mir ham frische Muscheln vom Markt jeholt.« Sie balancierte den Topf auf einem der Zaunpfähle und tunkte den Löffel in den grauen Brei, der alles andere als appetitlich aussah, aber durchaus angenehm würzig duftete. »Mund auf!«

»Das ist wirklich lieb von Ihnen, aber ...«

Die Duschel hatte den Löffel gefüllt und streckte ihn Deike entgegen. »Keine Widerrede! Probieren Sie, solange et noch heiß is.«

In letzter Sekunde öffnete Deike die Lippen, um zu verhindern, dass die Rheinische Spezialität auf ihrem Shirt und damit auch das zweite Oberteil an diesem Tag in der Waschmaschine landete.

Die Suppe war noch heiß, sehr heiß. Deike schob einen kleinen weichen Knubbel, eine Miesmuschel vermutlich, von einer Backentasche in die andere. Tränen schossen ihr in die Augen.

»Jut jewürzt, was?«

Sie nickte.

Die Duschel schob den Löffel zurück in die Schürze und packte den Topf wieder unter den Arm. »Sie können das Rezept haben, wenn Sie wollen.« Damit machte sie auch schon kehrt.

»Danke«, brachte Deike mühsam hervor, nachdem sie das Zeug geschluckt hatte. »Frau Duschel, ist das Ihr Mann, der ständig sägt?«, rief sie ihr hinterher, aber die Nachbarin hörte sie nicht mehr.

Den Abend verbrachte Deike frustriert vor dem Fernseher. Würde sie sich auf dieser Insel je wohlfühlen? Es war nicht so, dass sie nicht schon viel Schönes entdeckt hatte. Aber irgendwie schien es ihr, als wolle es ihr einfach nicht gelingen, Fuß zu fassen. Sie musste dieses eine Jahr irgendwie herumbringen. Dann konnte Hartmann ihr den Job in Spanien nicht verweigern. Das musste doch zu schaffen sein, ging es ihr zum wiederholten Mal durch den Kopf, während Günther Jauch einen Kandidaten verunsicherte, der eine Literaturfrage spontan richtig beantwortet hatte. Sie versuchte, an die schönen Dinge zu denken, an das, was ihr an Rügen gefiel. Allerdings kamen ihr sofort wieder die heimtückischen Einheimischen in den Sinn, die den Fremden offenbar an jeder Ecke Fallen stellten, um sich über sie amüsieren zu können. Ein Jahr konnte verdammt lang sein. Und es gab vermutlich noch viele Fallen, in die sie tappen würde. Sie schnaufte. Da klingelte ihr Telefon.

»Hallo?«

»Hi, Schwesterchen! Na, alles im Lot auf der Insel?«

»Natty!« Der Abend war gerettet. »Der liebe Gott hat mich erhört und mir deinen Anruf geschickt.«

»Hey, Schwesterchen, was ist denn los? Alles in Ordnung?«

»Ich werde von einer Schlabberhose tyrannisiert, mit glitschigen Muscheln gefüttert, von einer Säge um den Verstand gebracht und bin auf Rügen bereits als *die Frau mit den Flecken im Gesicht* bekannt. Aber sonst ist alles prima.« Sie schüttete ihrer Schwester das Herz aus, erzählte all die Episoden, die ihr passiert waren, und fühlte sich dabei immer besser. Schließlich musste sie sogar in Nattys Lachen einstimmen. Sie hatte ja recht, das meiste war ganz bestimmt kein Grund, verärgert zu sein, sondern Anlass, sich einfach über sich selbst zu amüsieren.

»Und du hattest die riesige Sonnenbrille auf, mit der du immer aussiehst wie Puck, die Stubenfliege?«

»Genau die.«

Natty schnappte nach Luft. »Dein Gesicht war voller Ruß und nur rund um die Augen weiträumig weiß?« Sie wollte sich ausschütten vor Lachen.

»Ich sah also aus wie ein Invers-Puck«, prustete Deike.

Die beiden alberten noch eine ganze Weile herum, bis ihr schon der Bauch wehtat.

Dann sagte Natty: »Ich kann mir die erste Mai-Woche frei nehmen. Das hat sich kurzfristig ergeben. Hast du Lust auf Besuch?«

»Aber klar! Oh, Natty, das wäre so schön.«

»Dann ist das jetzt beschlossen. Schlabberhose kann sich auf etwas gefasst machen.« Sie kicherte wieder.

Als Deike kurz darauf das Telefon in die Ladestation zurückstellte, hatte sie die allerbeste Laune. Große Schwestern waren etwas Wunderbares!

4.

Deike lenkte ihren Wagen auf den großen Parkplatz, von dem sie zu Fuß zum Königsstuhl laufen wollte. Die letzten Tage hatte sie überwiegend im Büro verbracht, von den Einladungen zur Eröffnung einer Vinothek und zur Wiedereröffnung eines Restaurants einmal abgesehen. Heute war das Wetter herrlich. Das Thermometer stand schon bei vierundzwanzig Grad und kletterte noch weiter. Genau richtig, um die berühmten Kreidefelsen zu erkunden. Der Weg war gut ausgeschildert und führte durch den Stubnitz-Wald. Alte Eichen und Buchen spendeten angenehmen Schatten. An einigen Stellen reckten sich weiße und violette Blüten aus dem Boden. Hügelgräber gab es und andere Hinweise auf frühe slawische Siedlungen. Und immer wieder standen Tafeln am Weg, die den Wanderer dazu aufforderten, Fragen beispielsweise zur Flora und Fauna zu beantworten.

Andrea hatte sie gebeten, sich etwas zu überlegen, womit sich die Redaktion an der alljährlichen Ferienspaß-Aktion beteiligen konnte. Das war es! Eine Rallye durch den Wald mit verschiedenen Aufgaben. Deike holte ihren kleinen Notizblock hervor, den sie stets bei sich hatte, und kritzelte etwas darauf. Sie würde sich ein paar Rätsel ausdenken, die die Familien während des Spaziergangs zu lösen hatten. Deike notierte die Fragen sämtlicher Tafeln, um später im Büro eine Rallye ausarbeiten zu können. Ehe sie sich's versah, hatte sie die rund drei Kilometer durch den Wald hinter sich gebracht und erreichte die Stubbenkammer. Hier also sollte man die berühmten Kreidefelsen von Rügen sehen können. Sie beschloss, der Ausschilderung zur Victoria-Sicht zu folgen.

Nach einem netten Spaziergang hatte sie ihr Ziel erreicht.

Was sie sah, waren vor allem Bäume mit saftig grünen Blättern. Die spektakulär weiß leuchtende Kreide konnte man höchstens zwischen den Zweigen hindurch ahnen. Vom Wasser aus mochten diese Felsen ein lohnender Anblick sein, aber so? Nein, Deikes Erwartungen wurden wieder einmal nicht erfüllt. Egal, ein schöner Spaziergang war es allemal. Sie machte sich auf den Rückweg.

»Hallo, Deike!«

Sie drehte sich um und entdeckte Udo Neuhaus, einen Anzeigenkunden, der eine kleine Pension betrieb, mit einer Gästegruppe.

»Hallo!« Sie ging zu ihm herüber, um ihn zu begrüßen.

»Wollen Sie sich die Felsen ansehen?«

»Ich bin schon fertig. Ich meine, ich habe die Aussicht schon genossen. Wenn ich ehrlich bin, müsste man ein paar Zweige abschneiden, um besser sehen zu können, finde ich. Aber es ist schon nett.«

»Sie haben doch nicht nur von oben geguckt?«

»Wieso, was meinen Sie?«

»Waren Sie denn nicht unten am Strand? Von dort hat man den besseren Blick.«

»Nein, war ich nicht.«

»Dann schließen Sie sich uns an, wenn Sie wollen.«

»Gern, danke!« Da hatte sie ja wirklich Glück.

»Die Treppe ist aber sehr lang und steil. Es geht bestimmt hundert Meter runter«, rief ein kleiner Mann mit runder Brille, zu dem die moderne Trekkinghose und das Funktionshemd irgendwie nicht passen wollten. Dabei starrte er auf ihre Schuhe, niedliche kleine Riemchensandalen, die ihre lackierten Zehennägel wunderbar zur Geltung brachten.

Deike warf einen Blick auf die kleine Reisegruppe, deren Durchschnittsalter sie auf sechzig plus schätzte. Mit denen würde sie wohl gerade noch mithalten können, selbst wenn sie Stöckelschuhe trüge.

»Vielleicht sind Sie ja so freundlich und warten auf mich, wenn ich etwas länger brauche«, sagte sie und lächelte den kleinen Mann mit den schweren Wanderschuhen gewinnend an.

Was die Treppe anging, hatte der Mann im Profi-Wander-Outfit nicht übertrieben. Sie war steil, bestand zum Teil nur aus in den Sand gepressten Baumstämmen und wollte anscheinend kein Ende nehmen. Hatte man einen Absatz geschafft und bog um eine Kurve, lagen auch schon die nächsten Stufen vor einem. Deike spürte ihre Knie bei jedem Schritt mehr, was damit zusammenhängen musste, dass sie nicht beherzt auftrat, sondern ständig versuchte, die Sandalen irgendwie an ihre Füße zu saugen, um sie nicht zu verlieren. Ein entspannter flotter Gang war so kaum möglich. Endlich unten angekommen, nahm das Verhängnis seinen weiteren Lauf. Sie hatte auf feinen Sandstrand gehofft, hatte sich vorgestellt, wie sie, die Schuhe in der Hand, die Füße in den schon warmen Sand graben könnte. Weit gefehlt! Hier gab es nichts als Kies. Hatte sie die Herrschaften, die sich kaum beruhigen konnten vor lauter Begeisterung, oben noch bedauert, bei dem Wetter so festes Schuhwerk zu tragen, in dem die Socken doch qualmen mussten, beneidete Deike sie jetzt um den sicheren Halt.

»Ist das schön!«, seufzte eine kleine Frau, deren Haarfarbe an Frau Duschel erinnerte.

»So weiß!«, stimmte ihr Mann ihr zu.

»Ob man damit richtig malen kann?« Eine hochgewachsene schlanke Frau mit ungeheuer faltigem Gesicht bückte sich und hob ein Stück Kreide auf. Es sah aus wie ein etwas zu groß geratenes Hühnerei.

»Natürlich können Sie damit malen. Und Sie können es auch auf die Haut streichen. Das gibt einen ganz weichen Teint!« Udo hatte ebenfalls ein Stück Kreide aufgehoben, strich sich damit über die Handfläche und zeigte sie seinen Gästen. Sofort bückten sich alle, um sich etwas Kreide zu sichern und damit auf ihren Armen herum zu rubbeln.

»Das ist auch gut für das Gesicht«, ermunterte Udo die Gruppe.

Bei Deike schrillten die Alarmglocken. Gerade wollte auch sie nach einem weißen Klümpchen greifen, doch jetzt zog sie die Hand zurück, als hätte sie sich verbrannt. Nein, sie würde auf Kriegsbemalung verzichten. Insgeheim hoffte sie, dass die schlanke Dame mit den Falten seinem Rat folgen würde. Das könnte ziemlich lustig aussehen.

Während die älteren Herrschaften sich mit der Kreide amüsierten wie kleine Kinder, genoss Deike die klare salzige Luft und die Sonne auf ihrer Haut. Sie blickte den steinigen Strand entlang, ob sie irgendwo einen Wanderweg entdecken konnte, der wieder nach oben führte. Aber so wie es aussah, würden sie den gleichen Weg nehmen müssen, den sie gekommen waren: die Treppe. Das war bei dieser Hitze nicht ohne. Hoffentlich waren die alten Leutchen der Herausforderung gewachsen.

»Bereit für den Aufstieg?« Udo strahlte seine Schäfchen an. Klar, er wusste, dass er ihnen gut würde zureden müssen.

Nach dem ersten Absatz brach Deike der Schweiß aus, nach dem zweiten wurde sie kurzatmig. Himmel, brauchten die anderen denn gar keine Pause? Zwei Absätze weiter überholte ein Pärchen sie. Die beiden nickten ihr munter zu.

»Ganz schön anstrengend, was?« Ohne eine Antwort abzuwarten, waren sie vorbei. Gut so, Deike hätte nämlich keinen vollständigen Satz mehr zustande gebracht, so pustete sie. Sie fragte sich, wann sie das letzte Mal Sport gemacht hatte. Weil sie sich beim besten Willen nicht mehr daran erinnern konnte, nahm sie sich ganz fest vor, demnächst wieder damit anzufangen.

Okay, vielleicht war die Kondition dieser Truppe ganz passabel, aber es war trotzdem unverantwortlich von Udo, den Aufstieg in einem Rutsch durchziehen zu wollen. Nein, da machte sie nicht mit. Deike blieb stehen und atmete schwer. Da waren die letzten drei heran.

»Tolle Aussicht«, japste sie mühsam. »Es ist viel zu schade, hier so ohne einen Blick zurück nach oben zu hetzen.« Sie wischte sich verstohlen den Schweiß von der Stirn. Es hatte sie viel Kraft gekostet, so viel zu sprechen. Jetzt war sie erst einmal wieder ausschließlich mit Atmen beschäftigt.

Eine Frau drehte sich um und sah zurück. »Sie haben recht, es ist wirklich ein beeindruckender Anblick.« Sie verharrte kurz, eilte dann den anderen hinterher und holte sie rasch ein.

Deike hörte einen von ihnen sagen: »Die Aussicht hatten wir doch die ganze Zeit, als wir heruntergestiegen sind.«

Als sie endlich wieder den Ausgangspunkt erreicht hatte, lief ihr der Schweiß nur so aus den klitschnassen Haaren, ihre Wangen glühten, und ihre Kleider klebten ihr am Leib. Die kleine Gruppe schnatterte höchst lebendig. Bis auf eine feuchte Strähne hier oder ein leicht gerötetes Gesicht da war ihnen die Anstrengung nicht anzusehen.

»Fahren Sie vier Kilometer geradeaus«, schnarrte Norbert.

»Nix da, heute fahren wir mal außen um den kleinen Bodden herum«, widersprach sie dem Navigationsgerät. In ihrem klimatisierten Auto fühlte sich Deike schon wieder viel wohler.

Im Bruchteil einer Sekunde berechnete Norbert die Route neu und führte sie nach Lietzow. Dort fuhr sie auf einer schmalen Landzunge zwischen dem großen und dem kleinen Jasmunder Bodden hindurch. Im Rückspiegel tauchte das weiße Lietzower Schlösschen auf wie eine Miniatur von Neuschwanstein.

Sie folgte der Bundesstraße in Richtung Bergen und überlegte kurz, ob sie noch in der Redaktion vorbeischauen sollte. Da entdeckte sie Schlabberhose mit seinem Rennrad. Der Fahrradweg lief parallel zur Straße. Natürlich war sie schnell an ihm vorbei, aber die Zeit reichte, um zu bemerken, dass er ziemlich flott unterwegs war. Außerdem sah er ausgesprochen knackig aus in den engen Radlerhosen und dem figurbetonten T-Shirt. Donnerwetter, der Kerl hatte muskulöse Oberschenkel und Waden und anscheinend kaum Speck auf den Rippen. Das war ihr bisher gar nicht aufgefallen. Wie auch, wenn er herumlief wie ein Schlumpf?

Deike fuhr auf direktem Weg nach Hause. Sie konnte unmöglich in der Redaktion auftauchen, ohne geduscht zu haben. Den Geruch konnte sie ihrer schwangeren Kollegin nicht zumuten. Womöglich würde das Ungeborene Schaden nehmen. Ihre Gedanken hingen bei Schlabberhose und seinem Rennrad. Ja, sie würde auch wieder Sport treiben. Gleich morgen früh würde sie joggen!

5.

Als sie wenige Tage später voller Vorfreude auf dem Weg zum Binzer Bahnhof war, um Natty abzuholen, musste sie eine Truppe Radfahrer überholen und dachte sofort wieder an ihren sportlichen Vorsatz, den sie bisher erfolgreich verdrängt hatte. Am Tag nach ihrem Ausflug zum Kreidefelsen hatten ihre Waden einfach zu sehr weh getan. Und man sollte es doch auch nicht übertreiben, das hörte man immer wieder. Ihre Wanderung mit Bezwingung der Treppe war ein guter Anfang gewesen. Danach brauchte ihr Körper Zeit zum Regenerieren. Gerade neulich hatte sie erst von jemandem gelesen, der tot auf einer Marathonstrecke zusammengebrochen war. Das kam davon, wenn man es nicht langsam anging. So etwas würde ihr sicher nicht passieren. Vielleicht könnte sie mit Natty ein paar Runden drehen. Wie sehr sie sich auf ihre Schwester freute! Sie würden eine richtig schöne Woche zusammen haben.

Deike fand einen Parkplatz, schnappte sich den Sanddornlikör, den sie als Begrüßungsgeschenk besorgt hatte, und lief zum Bahnsteig. Pünktlich rollte Nattys Zug ein. Menschen strömten aus den Abteilen. Deike hielt aufgeregt nach dem vertrauten Gesicht Ausschau. Endlich konnte sie ihre Schwester zwischen den Urlaubern, die den Ausgängen zustrebten, ausmachen. Natty sah gut aus wie immer. Sie trug eine schlichte Bluse und eine Leinenhose, die langen braunen Haare hatte sie geflochten. Sie musste in aller Frühe aufgestanden sein und hatte den ganzen Tag in stickigen Bahnwaggons verbracht und sah trotzdem strahlend hübsch aus, als hätte sie sich eben erst zurechtgemacht.

»Natty!«

»Hey, Schwesterchen!« Die beiden fielen sich in die Arme. Andere Reisende mussten einen Bogen um sie machen.

»Hier, für dich!« Deike hielt ihr das sternförmige Fläschchen mit der knallig orangefarbenen Flüssigkeit hin und griff Nattys Reisetasche. »Damit kannst du die Erschöpfung nach dieser endlos langen Fahrt ertränken.«

»Danke, wie lieb! Ach, das war halb so schlimm. Ich musste nur einmal umsteigen.«

»Wirklich? Aber du bist doch sicher schon vor Sonnenaufgang losgefahren, stimmt's?«

»Ich konnte im Zug ja noch ein bisschen schlafen.«

»Das ist gut. Du glaubst doch wohl nicht, dass du heute früh ins Bett kommst. Ich will die halbe Nacht mit dir quatschen.«

»Oje!« Natty seufzte gespielt. »Denk bitte dran, dass ich beinahe drei Jahre älter bin als du. Ich brauche meinen Schönheitsschlaf.«

Die beiden lachten und schnatterten wie immer, wenn sie sich sahen.

»Da sind wir schon«, verkündete Deike.

»Und das ist also der Zankapfel?«

»Bitte?« Sie verstand nicht.

»Der Parkplatz!«

»Ach so, ja, einer der Zankäpfel sozusagen.«

»Das Haus ist aber zauberhaft«, schwärmte Natty, als sie vor dem reetgedeckten Gebäude stand. »Da hat unser alter Herr mal wieder einen Glücksgriff getan, oder?«

»Allerdings. Für Immobilien hat er einfach ein Händchen.«

»Hallo, Frollein«, rief es von weitem.

Ohne hinzusehen, presste Deike zwischen den Zähnen hervor: »Für die Nachbarschaft gilt das leider nicht.« Sie setzte ein liebenswürdiges Lächeln auf. »Ah, Frau Duschel.«

»Sie müssen sich meinen Blumenhartriejel ansehen. Der blüht dieses Jahr, das ist eine Wucht! Oh, haben Sie Besuch? Jode Dach!« Die Duschel schüttelte Natty die Hand.

»Servus!«, erwiderte die und grinste.

»Meine Schwester Nathalie, meine Nachbarin Frau Duschel«, machte Deike die beiden bekannt. »Aus Düsseldorf«, ergänzte sie und rollte dezent mit den Augen.

»Hach, die Schwester, das ist aber schön. Na, dann kommen Sie mal beide mit und sehen sich unser Prachtstück an.«

»Meine Schwester hat über zehn Stunden im Zug gesessen. Sie will erst mal in Ruhe ankommen.«

»Ach was, ein bisschen frische Luft ist genau richtig. Wo steht denn das gute Stück?« Natty marschierte gutgelaunt hinter der Duschel her. Deike musste lächeln. Ihre Schwester hatte die Fähigkeit, in jeder Situation etwas Positives zu sehen, aus allem etwas Gutes zu machen. Sie ging offen und optimistisch auf die Menschen zu und konnte sie innerhalb kürzester Zeit für sich gewinnen. Um diese Gabe beneidete Deike sie wirklich.

»Also dieser Hartriejel war aber auch zu und zu schön«, ahmte Natty den Duschel-Tonfall nach, als sie endlich in Deikes vier Wänden waren.

»Warte, bis du die rheinesche Zupp probeere musst!«

»Dein Dialekt ist schon richtig gut. Dann musst du den nächsten Job wohl in Düsseldorf annehmen.«

»Das fehlt mir noch. Wenn ich das nächste Mal umziehe, dann nur nach Spanien.«

»Das solltest du dir noch mal überlegen. Immerhin kann ich dich dann nicht mal so eben besuchen. Außerdem: Jetzt bist du erst mal hier zu Hause.«

»Stimmt! Und du bist Gott sei Dank auch hier.« Sie drückte ihre Schwester noch einmal fest an sich. »Zur Feier des Tages werde ich dich bekochen!«, verkündete sie, nachdem sie Natty wieder freigegeben hatte.

»Echt?«

Sie nickte eifrig.

»Hilfe, Frau Duschel!«, rief Natty.

»Dir ist wohl die muffige Zugluft zu Kopf gestiegen!«

»War doch nur ein Scherz. Ich find's toll, dass meine kleine Schwester für mich kocht. Ich habe auch schon Bärenhunger.«

Deike zeigte ihr das Gästebett und den Schrank, in dem sie extra ein paar Fächer frei gemacht hatte.

»Richte dich in Ruhe ein. Das Bad ist gleich da drüben. Du findest mich dann in der Küche.«

Ihre Schwester würde Augen machen. Deike öffnete die Terrassentür und machte sich dann an die Arbeit. Sie hatte Orangennudeln mit Tomaten, Rauke und Riesengarnelen vorbereitet. Dazu würde sie einen gutgekühlten Weißwein anbieten. Und zum Nachtisch gab es Rosmarin-Panna cotta. Bei so einem erlesenen Menü konnte sich Frau Duschel warm anziehen. Fröhlich pfeifend rührte sie in der Soße und wendete die Garnelen. Es duftete herrlich nach Orange, Thymian und Basilikum. Das war etwas anderes als die Pizza, die sie sich sonst in den Ofen schob. Sie entkorkte die Flasche und holte den Weinkühler aus dem Gefrierfach. Hörte sie Stimmen? Hatte Schlabberhose womöglich Besuch? Das wäre ja mal ein Ereignis! Sie schenkte einen Schluck Weißwein in ihr Glas und probierte. Perfekt, der war genau richtig zu Meeresfrüchten. Das war doch die Stimme ihrer Schwester. Kein Zweifel.

»Natty?« Offenbar war sie mit dem Einräumen ihrer Sachen fertig und ein wenig hinaus in den Garten gegangen. Vermutlich hatte die Duschel sie augenblicklich wieder in die Fänge bekommen.

Deike trug Weinkühler und Flasche auf den Tisch, der dicht bei der offenen Terrassentür stand.

»Wie hieß der Ort, Vitt mit V?«, hörte sie Natty fragen.

»Richtig. Zum Kap Arkona fahrt ihr doch bestimmt sowieso. Dann solltet ihr unbedingt den Abstecher machen. Das ist wirklich ein hübscher kleiner Ort.«

Sie traute ihren Ohren nicht. Jede Wette, dass das Schlabberhoses Stimme war! Was zum …? Hatte er ihre Schwester gerade geduzt? Deike sauste um die Ecke.

»Hallo«, sagte er, als herrsche zwischen ihnen ein gutes nachbarschaftliches Verhältnis.

»Hallo«, antwortete sie unterkühlt.

Er wandte sich wieder an Natty: »Morgen Abend ist übrigens Maibowlen-Fest in einem sehr netten Restaurant nicht weit von hier.«

»Ich weiß«, entgegnete Deike schnippisch, bevor ihre Schwester zu Wort kam, »ich habe eine Einladung – für zwei.«

»Der Besitzer ist ein Freund von mir. Wollen wir zusammen gehen?«

»Super Idee!« Natty strahlte ihn an.

»Okay. Schönen Abend noch.« Er lächelte. Kein Zweifel, er konnte wirklich lächeln! Und zwar ziemlich attraktiv.

»Bist du noch zu retten?«, zischte Deike. »Hallo, Erde an Natty, das war Schlabberhose!«

»DAS war Schlabberhose?« Sie guckte ihm noch immer nach, wie er über seine Terrasse ins Haus verschwand, riss jetzt aber die Augen auf.

»Allerdings! Hast du keinen Blick auf seine Beinkleider geworfen?«

»Nö. Aber ich habe einen Blick auf seine auffallend schönen Hände geworfen und in seine ziemlich ausdrucksvollen grauen Augen. Und hast du das kleine Grübchen auf dem Kinn entdeckt? Sehr niedlich!«

»Morgen Abend ist übrigens Maibowlen-Fest!«, äffte Deike ihn nach, ohne auf Natty einzugehen. »Das prickelt wie eingeschlafene Füße. Wenn es wenigstens eine Chillout-Party mit Happy Hour geben würde, das wäre cool.«

»Was ist denn mit dir los? Du hast dich doch sonst immer lustig gemacht über diese gequält modernen *Events* mit Hauptsache-Englisch-Namen.«

»Der Typ geht mir einfach auf die Nerven, das ist alles. Ich habe dir doch erzählt, was für ein Sturkopf der sein kann.«

»Komisch, ich habe mich ganz nett mit ihm unterhalten. Ich wäre nie darauf gekommen, dass das dein böser Nachbar sein soll.« Natty machte ein Unschuldsgesicht.

»Ist ja auch egal. Wir können uns für morgen noch eine Ausrede einfallen lassen. Jetzt wollen wir erst einmal essen. Setz dich doch.«

»Das duftet unglaublich.«

Deike schenkte Wein ein und holte dann die beiden Teller aus der Küche. Sie setzte sich ihrer Schwester gegenüber und ergriff ihr Glas.

»Herzlich willkommen, große Schwester!«

»Danke, kleine Schwester!«

Sie stießen an.

»Und jetzt guten Appetit!«

»Danke schön.« Natty schob sich eine Gabel in den Mund. »Mmhh.« Sie verdrehte die Augen. »Das ist köstlich! Ich glaub's einfach nicht: Meine kleine Schwester kann kochen? Wieso weiß ich nichts davon?«

»Das hat sich so ergeben«, antwortete Deike bescheiden. »Mit den Kollegen in Frankfurt habe ich mich einmal im Monat getroffen. Jeder war mal dran als Gastgeber. Tja, irgendwie hat es sich so entwickelt, dass einer den anderen übertreffen wollte und wir schließlich alle die tollsten Menüs gekocht haben.«

Deike erzählte von den gewagtesten Kreationen und von den größten Reinfällen. Sie selbst hatte zum Beispiel einmal Pech mit dem Rindfleisch gehabt. Einer nach dem anderen hatte verstohlen die harten Brocken beiseitegeschoben und nur Reis mit Soße gegessen. Einem Kollegen war es noch übler ergangen. Er hatte Zucker mit Salz verwechselt, so dass die Mango-Creme völlig ungenießbar war. Während sie die peinlichsten Missgeschicke schilderte, holte sie Nachschlag. »Für mich allein koche ich selten. Das macht einfach keinen Spaß. Die Frankfurter Bande fehlt mir ganz schön«, sagte sie schließlich.

Natty ließ die Gabel sinken und betrachtete sie ernst. »Wir sehen uns viel zu selten, was?«

»Na ja, ja, stimmt schon.«

»Ich meine, ich habe nicht einmal gewusst, dass du kochen kannst. Dafür, dass du meine Schwester bist, noch dazu meine einzige, weiß ich eigentlich nicht viel von dir. Wir sind beide so früh selbständig geworden.«

»Mach dir keine Sorgen, außer dem Küchenfimmel habe ich keine dunklen Geheimnisse.«

»Im Ernst, Deike, wir sind schon eine komische Familie, findest du nicht? Unseren alten Herrn sehen wir doch auch nur alle Jubeljahre. Er vermittelt uns Wohnungen, wenn wir wieder einmal umziehen, was wir gefühlt einmal im Jahr tun. Zu Weihnachten treffen wir uns irgendwo …«

»Von unserer Frau Mutter gar nicht zu reden.«

»Sie hat uns verlassen. Was erwartest du?« Natty zog eine Grimasse.

»Sie hat unseren Vater verlassen. Seine Kinder verlässt man nicht«, korrigierte Deike, obwohl sie natürlich wusste, dass Natty es genauso sah.

Einen Augenblick schwiegen beide. Der Wind frischte auf, und Deike schloss die Terrassentür. Sie blickten still in die Flamme der Kerze auf dem Tisch, die nun allmählich zur Ruhe kam.

»Sie wollte sich verwirklichen«, setzte Natty wieder an, »hat sich gesucht und einen Mann gefunden, der keine Kinder hat und mit ihr die ganze Welt bereist. Das ist Freiheit, Schwesterchen.« Sie hob ihr Glas und stieß damit leicht gegen Deikes. Ein helles Klirren erklang. »Ich gönne es ihr.«

»Ja, ich gönne es ihr auch.«

Wie Deike prophezeit hatte, kamen die Schwestern an diesem Abend nicht früh ins Bett.

»Ich hätte schwören können, du willst zuerst nach Sellin, um die Seebrücke zu sehen.« Deike schnitt ihr Brötchen in zwei Hälften.

»Die läuft doch nicht weg. Hannes hat so viel von dem Fischerörtchen Vitt erzählt, dass ich große Lust hätte, heute dorthin zu fahren.«

»Hannes? Ach, Schlabberhose. Ich hatte vergessen, dass ihr euch schon nähergekommen seid.«

Natty griff nach dem Himbeergelee und kniff die Augen zusammen. »Sag mal, bist du etwa eifersüchtig?«

Deike verschluckte sich beinahe an ihrem Bissen. »Wie bitte? Du hast doch wohl nicht alle Fransen am Teppich! ICH finde diesen Typen unterirdisch, aber du hast ihn ja offenbar ins Herz geschlossen und gleich vertraulich geduzt.«

»Entschuldige mal, er dürfte ungefähr in meinem Alter sein. Da sieze ich ihn doch nicht. Du bist sonst doch auch nicht so konservativ.«

»Mir hat er das Du aber noch nicht angeboten.«

»Das ist auch dein Job als Frau.«

»Stimmt nicht, er ist der Ältere, er muss es anbieten.«

»Ach, Schwesterchen, wer hat dich denn heute Morgen schon auf Krawall gebürstet?«

Deike strahlte Natty an. »Niemand. Wenn du nach Vitt willst, fahren wir nach Vitt. Ich muss sowieso hoch ans Kap Arkona in eine Galerie. Das können wir super verbinden. Und Vitt ist bestimmt so spannend wie saure Milch, wenn Schlabber…« Sie erntete einen missbilligenden Blick von Natty. »… wenn Hannes das empfiehlt.«

6.

»Endlich Ferien!«, murmelte Natty mit einem Seufzer tiefster Zufriedenheit, als sie über die Schaabe zur Halbinsel Wittow fuhren.

»Vielleicht können wir auf dem Rückweg hier anhalten und kurz ins Meer hüpfen. Hier auf der Nehrung sollen die schönsten Strände der Insel sein.«

»Ich habe gar keine Badesachen dabei. Außerdem müssen wir uns nachher schönmachen für das Maibowlen-Fest.«

Deike rollte mit den Augen. »Das hatte ich ganz vergessen.«

»Verdrängt«, korrigierte Natty schmunzelnd.

»Das Wetter soll gut bleiben. Wir können morgen einen Strandtag machen.«

»Musst du nicht arbeiten?«

»Nein, ich kann mir ein bisschen freinehmen, solange du hier bist. Die Redaktionsleiterin Andrea, meine Vorgängerin, ist noch ein paar Tage im Büro, bevor sie in den Mutterschutz geht. Da lässt sich das schon mal einrichten.«

»Toll!«

Norbert lotste sie auf einen riesigen Parkplatz, der ahnen ließ, wie viele Touristen es hier hoch an den nördlichsten Punkt Rügens zog.

»Eine Tschutschu-Bahn«, juchzte Natty. »Oder nehmen wir die Kutsche?«

»Von wegen, wir laufen«, bestimmte Deike. »Die Bahn ist eher was für die Fußkranken aus deiner Klinik.«

»Erinnere mich bloß nicht daran. Ich habe jetzt Ferien.« Sie warf schwungvoll den Zopf nach hinten. »Außerdem war das nicht ernstgemeint, ich will auf jeden Fall laufen. Dann mal los.«

Sie gingen eine schmale kopfsteingepflasterte Straße entlang.

Der Wind spielte mit Nattys Zopf. »Hannes hat mir erzählt, dass die Ecke hier Windland genannt wird, weil immer eine frische Brise weht.«

»Aha.« Natty gegenüber schien der sonst eher wortkarge Nachbar tatsächlich in Plauderlaune gewesen zu sein. »Nach Vitt geht es da entlang.«

Sie bogen ab und folgten dem einfachen Holzpfeil.

Plötzlich blieb Natty stehen. »Mein Gott, ist das schön hier!«

Deike ließ ihren Blick ebenfalls über die Landschaft wandern. Vor ihnen lagen knallgelbe Rapsfelder. Die Blüte war früh dran in diesem Jahr. In der Ferne glitzerte die Ostsee.

»Ich kapiere wirklich nicht, warum du unbedingt nach Ibiza willst.« Deike fiel im Moment auch keine Antwort darauf ein. »Schöner als hier kannst du doch gar nicht leben. Wenn ich so einen Job hätte wie du, würde ich mich auf der Stelle hier niederlassen.«

Die beiden Schwestern setzten sich wieder in Bewegung.

»Ist das dein Ernst?«

»Klar!«

»Dann guck dich doch gleich mal ein bisschen um, während du hier bist. Bestimmt gibt es jede Menge orthopädischer Kliniken. Du bewirbst dich, wir ekeln Hannes raus, und du ziehst in die andere Haushälfte.«

»Kein übler Gedanke.«

Jetzt blieb Deike abrupt stehen. »Du meinst das wirklich ernst, oder?«

»Ich weiß nicht, kleine Schwester, ich habe ja nicht einmal eine Ahnung, ob es hier eine geeignete Klinik gibt und ob die jemanden suchen. Aber du weißt ja, dass ich in Bayern nie so richtig glücklich war. Ich gehöre einfach ans Meer.« Sie atmete tief ein. »Ich könnte mich ja mal erkundigen. Dann müsstest du allerdings versprechen, auch auf der Insel zu bleiben.«

Oberhalb des Fischerortes lag die Vitter Kapelle, ein gedrungener achteckiger Bau, weiß gestrichen, mit einem dunklen Dach, das wie eine große breite Mütze auf den Mauern hockte. Hölzerne Läden rahmten die Kirchenfenster ein wie Engelsflügel. Schweigend betrachteten sie das Fresko an der Eingangswand. Es zeigte einfache Leute, vermutlich die Dorfbewohner, die voller Angst auf die stürmische See blickten, auf der ihre Fischerboote von den Wellen hin und her geworfen wurden. Auch das Altarbild zeigte mahnend die Macht von Sturm und Meer und erinnerte daran, wie sehr die Menschen hier diesen Kräften ausgeliefert waren. Deike fand das alles ein wenig zu düster. Ihre Gedanken waren ohnehin nicht bei der Malerei. Die Idee, Natty ständig in ihrer Nähe zu haben, auf Spanien zu verzichten und sich ausgerechnet hier langfristig niederzulassen, versetzte sie in Aufregung. Das war ein gutes Gefühl.

»Ich habe mich da drinnen um mindestens hundert Jahre zurückversetzt gefühlt«, sagte Natty, als sie wieder hinaus in die Sonne traten. »Man kann sich gut vorstellen, wie hart und schlicht das Leben hier gewesen sein muss.«

Die Häuser, von denen man zunächst nur die Schilfdächer sehen konnte, lagen eng aneinandergeschmiegt und von der

Landseite gut geschützt in einer Uferschlucht. Deike befürchtete schon, dass sie es wieder mit steilen nicht enden wollenden Treppen zu tun bekäme, doch das blieb ihr erspart. Sie schlenderten zwischen den weißen denkmalgeschützten Häuschen entlang. Hausnummern gab es nicht. An ihrer Stelle zierten runenartige Symbole die Wände. In dem winzigen Hafen, eigentlich nur eine Kaimauer und ein Stückchen Strand, lagen bunte Boote, die man an Land gezogen hatte. In einem Unterstand hingen Netze aufgespannt, aus einem Räucherofen wehte der Duft von Hering, Dorsch und Aal herüber.

»Zauberhaft«, sagte Natty und spielte gedankenverloren mit dem Ende ihres Zopfs.

»Stimmt.« Deike faltete die Hände vor der Brust und deutete eine Verbeugung an. »Ich entschuldige mich in aller Form bei Hannes, gebe ihm absolut recht und bedanke mich für den genialen Tipp.«

»Er sagt, das sei der romantischste Ort der ganzen Insel.«

»So, so.«

Eine Weile genossen sie noch die Stille in dem kaum mehr als zehn Häuser zählenden Dorf, dann machten sie sich, bevor gegen Mittag die Besucherströme den idyllischen Flecken überrennen würden, auf den Weg zur Spitze des Kaps. In einem Handwerkerhof, in dem sie zusahen, wie Filzhüte gemacht wurden, und jedes einzelne Modell aufprobierten, kauften sie sich zwei gleiche Bernsteinringe. Sie streckten ihre Hände mit den identischen Schmuckstücken vor und betrachteten sie stolz. Deike war in diesem Moment so glücklich, dass es ihr die Kehle zuschnürte.

»Ich dachte immer, Bernstein ist etwas für alte Frauen.«

»Quatsch!«

»Wollen wir weiter?«

»Warte, ich nehme noch zwei Kreidemännchen für meine Kolleginnen mit.«

Während Natty zahlte, spazierte Deike draußen auf dem Hof herum. Sie sah einen Radfahrer und erkannte Silvio. Ob er hier am nördlichsten Zipfel der Insel wohnte? Er trug kurze Hosen und ein kurzärmliges Hemd. Seine Haut war von der Sonne schon leicht gebräunt, sein Haar glänzte wieder von diesem Hauch von Gel.

»Silvio!« Deike hatte eine Idee. Wenn Silvio sich ihnen heute Abend anschließen mochte, wären sie zu viert. Dann bräuchte sie nicht zu befürchten, als drittes Rad am Wagen dabeizusitzen, wenn Hannes sich bestens mit Natty unterhielt. »Silvio!« Sie lief ein paar Schritte hinter ihm her, aber in den Riemchensandalen, die ihr schon einmal zum Verhängnis geworden waren, war sie nicht schnell genug. Verflixt, sie musste sich für diese Insel wohl doch noch festes Schuhwerk kaufen.

»Hast du gerufen?« Natty sah sie kurz an und stopfte dann ihre Einkäufe in den kleinen ledernen Rucksack.

»Nein. Ich dachte nur ... Nein, lass uns die Leuchttürme erobern!« Wenn einer wie das dritte Rad sein würde, dann war das Schlabberhosen-Hannes. Natty und sie waren ein Herz und eine Seele. Und jetzt trugen sie sogar den gleichen Ring!

Von dem Felsplateau, das die nördlichste Spitze Rügens markierte, hatten sie einen unglaublichen Blick zur einen Seite auf das Meer, zur anderen über Wiesen, leuchtende Rapsfelder und zahllose Sanddornsträucher mit ihren fast nadelartigen Blättern.

»Willst du einen der Leuchttürme von innen sehen? Ich würde dann schon mal in die Galerie gehen. Ich muss mit dem Besitzer etwas besprechen.«

»Welchen würdest du mir empfehlen?«

»Am besten guckst du dir alle drei an.«

»Willst du mich loswerden?«

»Nein, ich will nur nicht, dass du etwas verpasst. Um ehrlich zu sein, war ich auch noch in keinem der Türme.«

»Dann musst du mich begleiten.«

Deike sah an dem höchsten der drei Backsteingebäude hinauf. Wie viele Stufen mochten es bis oben sein? Sie schaute auf die Uhr. »Das geht wirklich nicht. Ich muss auf jeden Fall bis sechzehn Uhr mit dem Galeristen sprechen. Und dann müssen wir uns auch langsam auf den Rückweg machen.« Sie rief sich in Erinnerung, was sie über die Türme vom Kap gelesen hatte. »Der viereckige ist der Schinkelturm. Darin sollen tolle Ausstellungen zur Seefahrt sein. Das neuere Leuchtfeuer«, sie deutete auf den runden, höchsten Turm, »ist von innen angeblich nicht so spektakulär. Dafür hast du von da oben den besten Blick.«

Natty entschied sich für den beschwerlicheren Aufstieg und den Rundum-Blick, und Deike war froh, dass sie sich sputen musste, in die Galerie zu kommen.

»Wir treffen uns dann da«, rief sie und lief zu dem etwas windschiefen Häuschen, das aussah, als lehne es sich seit Jahren gegen die Stürme, die hier oben fegten, und sei ganz erschöpft davon. Deike erwartete Ölbilder, Malereien, die Strand, Kreidefelsen und den dampfenden Roland zeigten, leicht kitschig und gefällig, so dass möglichst viele Touristen sich ein Souvenir mitnahmen. Sie wurde gründlich überrascht. Da war ein bauchiges Windlicht, aus Muscheln und Steinen. Es gab Fotos, auf denen Sand und Wellen oder auch Buhnen und Treibholz derartig in Szene gesetzt waren, dass sie plötzlich etwas ganz Anderes, Neues darstellten. Es gab abstrakte Malerei, Collagen und auf Muscheln und Steine gemalte Miniaturen. Sie war beeindruckt.

»Kann ich helfen?«

Deike hatte den Mann hinter sich gar nicht bemerkt. Sie drehte sich zu ihm um und erblickte einen Hünen, bestimmt zwei Meter groß und mit unfassbar breiten Schultern. Er hatte eine Glatze und einen Kinnbart und stellte sich als Galerist und Schöpfer der meisten Werke vor, die sie soeben bewundert hatte.

»Deike«, sagte sie und streckte ihm die Hand entgegen. »Von *Rügen aktuell.* Wir sind verabredet.«

»Ach, du bist das!« Während er ihre Hand schüttelte, legte er seine andere auf ihren Oberarm. Deike hatte fest damit gerechnet, dass er mit seiner Pranke ihre schmalen Finger zerquetschen würde, doch er war erstaunlich behutsam. »Du kannst mich Boy nennen«, bot er ihr an und hielt dann einen Vortrag über die Art seiner Arbeit, die von einer übernatürlichen Inspiration geprägt und aufgrund ominöser Schwingungen in dieser Form nur auf der Insel möglich sei. Er sprach von Kreativität, Innen- und Außen-Ich und immer wieder von Kunst und kam nach langen Umwegen – zu allem Überfluss sprach er auch noch entsetzlich langsam – zu den Workshops, die er anbot und über die Deike schreiben wollte.

»Das ist für viele das erste spirituelle Erlebnis, an dem sie überhaupt teilnehmen«, erläuterte er.

Sie konnte mit diesem ganzen Esoterik-Kram nichts anfangen und fand außerdem, dass er nicht zu diesem Glatzenbär passte. Ebenso wenig wie seine Stimme, die merkwürdig leise und schleppend klang. Deike spürte das Bedürfnis, ihn anzutreiben, damit er endlich auf den Punkt kam.

»Wie genau läuft denn so ein Workshop ab?«, wollte sie wissen und zückte demonstrativ ihren Stift.

»Das ist wie Meditation, wie eine schamanische Traumreise, auf der viele erst ihre wahren Lebensbedürfnisse erkennen.« Boy sah sie eindringlich an. »Du wirst das ja am eigenen Leib spüren, wenn du an einem der Kurse teilnimmst. Ich denke, ich verrate dir lieber nicht zu viel vorher. Lass dich einfach darauf ein.«

»Das Problem ist, dass der Artikel erscheinen sollte, bevor die Kurse beginnen, damit die Leser sich dann anmelden können. Wenn ich erst selber teilnehme, wird das mit dem Erscheinungstermin etwas spät.«

»Du musst den Dingen ihren Lauf lassen, statt sie beschleunigen zu wollen«, sagte Boy in seinem tranigen Flüsterton. »Du hast ganz ungünstige Schwingungen. Glaub mir, der Umgang mit dem Holz und den Steinen, mit Farbe und Klebstoff wird dich total umkrempeln.«

Deike seufzte. »Das mag ja sein. Aber es geht nicht um mich, sondern um einen Artikel in unserer Gästezeitschrift, die schließlich nicht wenige Abonnenten in ganz Deutschland hat. Ist dir nun die Werbung für deine Kurse wichtig, oder willst du dich lieber um meine Schwingungen kümmern?« Sie verlor allmählich wirklich die Geduld. Ob er nun ein Anzeigenkunde war oder nicht.

Wortlos standen sie sich gegenüber. Mit einem Mal streckte er in einer überraschend schnellen Bewegung eine Hand vor, als wolle er sie im Gespräch unterbrechen. Dabei sagte sie doch gar nichts. Seine Augen weiteten sich, die Brauen schoben sich nach oben und sorgten dafür, dass seine Stirn in glänzenden Falten lag. Am liebsten hätte Deike auf dem Absatz kehrtgemacht und wäre gegangen. Dieser Typ war eindeutig nicht ganz bei Sinnen. Flucht war in einem solchen Fall die beste Lösung.

Da sagte er: »Ich habe gerade dein Krafttier gesehen.«

»Bitte?«

»Psst! Ich habe es ganz deutlich gesehen. Dein Krafttier ist …« Er schloss die Augen und machte eine lange Pause. Deike dachte schon, er würde es ihr nie verraten. Sie sah sich vorsichtig um und hoffte inständig, dass kein Kunde die Galerie betrat.

»Ein Frosch!«

»Ein Frosch?«

Er nickte langsam.

»Toll. Frösche gehören ja, wie jeder weiß, zu den Tieren, die für ihre unglaubliche Kraft bekannt sind«, lästerte sie. »Hör mal …«

»Es geht nicht um körperliche Kraft.«

»Da bin ich aber beruhigt.«

Wieder sah er sie eine Weile ruhig an, taxierte sie und dachte offenbar intensiv über etwas nach. Dann marschierte er unvermittelt hinter seinen breiten Holztresen, auf dem eine hübsche antike Registrierkasse stand. »Ich gebe dir einen Flyer mit, in dem alles steht, was du über meine Kurse wissen musst«, erklärte er und sprach auf einmal in normalem Tempo. »Hier sind außerdem zwei Artikel, die schon mal über mich erschienen sind.« Er reichte ihr die Kopien und den Handzettel. Sie sah offenkundig ziemlich verdutzt aus, denn er setzte hinzu: »Du scheinst so gar keinen Zugang zu meiner Welt zu haben. Schade. Würde dir gut tun. Das Angebot steht jedenfalls, dass du mal einen Workshop von mir begleitest. Und wenn du noch Fragen hast …« Er angelte eine Visitenkarte vom Tresen. »Da stehen Mail-Adresse und Faxnummer drauf.« Wie es aussah, hatte er sich gerade vom Innen-Ich ins Außen-Ich verwandelt. Schön, damit konnte sie erheblich mehr anfangen.

»Danke.« Deike steckte die Unterlagen ein und verabschiedete sich.

Als sie schon an der Tür war, rief er ihr nach: »Der Frosch

steht übrigens für krasse Veränderungen. Es gibt immer einen Grund, warum sich welches Krafttier zeigt. Du solltest es nicht unbeachtet lassen. Soll ich es dir einhauchen?«

»Nein danke, das ist nicht nötig«, murmelte sie erschrocken und verließ eilig die Galerie.

»Bestimmt lernst du heute einen Froschkönig kennen.« Natty wollte sich noch immer ausschütten. »Wer weiß, was der dir dann so alles einhaucht.« Schon die ganze Rückfahrt vom Kap Arkona nach Hause hatte sie Tränen gelacht, während Deike die seltsame Begegnung mit dem eigentümlichen Glatzenbär schilderte. Jetzt rubbelte sie sich die langen Haare trocken. Deike zog sich gerade zum dritten Mal um, weil sie sich einfach nicht zwischen Hose, Rock und Kleid entscheiden konnte.

»Wollen wir wirklich zu diesem blöden Fest? Wir können es uns doch auch zu Hause gemütlich machen.«

»Wir haben Hannes versprochen, dass wir ihn mitnehmen.«

»Na und? Jeder kann sich mal versprechen«, maulte sie.

»Ach komm, sei kein Frosch!« Natty prustete los.

»Sehr witzig.« Deike wollte bockig klingen, musste aber selber schon wieder lachen. »Pass auf«, drohte sie im Spaß und fuhr sich durch das kurze Haar, das ihr frech vom Kopf stand, »sonst zeige ich dir, wo der Frosch die Locken hat.«

»Wir haben einen Therapeuten in der Klinik«, setzte Natty an.

»Der hat Froschaugen!« Deike legte die Finger um die Augen und riss sie weit auf.

»Jetzt krieg dich mal wieder ein. Ich meine es ganz ernst.«

»Du hast doch angefangen mit dem Froschkönig.«

»Dieser Therapeut arbeitet jedenfalls auch mit schamanischen Techniken. Ich kenne mich damit nicht aus, aber mir ist aufgefallen, dass der unsere Patienten extrem gut einschätzen kann.«

»Und?«

»Naja, vielleicht haben solche Leute eine besonders gute Menschenkenntnis und sehen genau, was dich gerade beschäftigt.«

»Frösche«, stellte Deike nüchtern fest und zog die Augenbrauen hoch.

»Nein, Veränderung!«

»Veränderung? Toll! Ich ziehe alle naselang um, fange ständig neue Jobs an, da ist Veränderung mal ganz etwas Neues.«

»Und wenn das genau anders gemeint ist? Wenn er meinte, dass dir eine große Veränderung bevorsteht, weil du nämlich endlich mal sesshaft wirst und mehr als ein Jahr an einem Ort bleibst?«

Deike sah sie zweifelnd an. »Ich glaube, mein Frosch pfeift.«

»Mir dir kann man aber auch nicht vernünftig reden.« Natty knuffte sie in die Seite.

In dem Moment klingelte es.

»Da kommt jemand, mit dem du dich vernünftig unterhalten kannst«, flötete Deike, rollte mit den Augen und ging zur Tür.

7.

»Wir hätten wirklich mit dem Fahrrad fahren können. Das sind höchstens fünfzehn Kilometer.« Hannes saß auf der Rückbank des Kleinwagens. Sein Kopf stieß gegen das Autodach. Wenn er sich vorbeugte, konnte Deike sein Aftershave riechen.

»In Kleidchen und Pumps ein echter Traum«, raunte sie.

Das Restaurant lag direkt am Rügischen Bodden. Sie betraten einen Raum, der einem U-Boot nachempfunden war. Die Decke wölbte sich über ihnen, als seien sie tatsächlich im Bauch eines Schiffes. Man sah durch Bullaugen nach draußen, die Wände schienen mit Metall verkleidet zu sein, das von massiven Nieten zusammengehalten wurde. Es gab eine Schaltzentrale, Pressluftflaschen, Masken und Taucherpuppen als Dekoration.

Hannes unterhielt sich am Eingang mit einem unauffälligen Kerl, vermutlich der Chef, mit dem er ja befreundet war, wie er betont hatte. Deike und Natty sahen sich nach einem freien Tisch um.

»Ein bisschen albern, findest du nicht?«, raunte Deike ihrer Schwester zu.

»Mir gefällt's.«

»Na ja, ganz witzig.«

Hannes kam mit einem Krug und drei Gläsern und setzte sich zu ihnen. »Die machen hier die beste Maibowle der Welt«, versprach er und schenkte eine rosa Flüssigkeit ein, die in den Gläsern perlte. »Zum Wohl!« Er wandte sich an Natty: »Willkommen auf Rügen!«

»Danke!« Sie strahlte ihn an und prostete dann auch ihrer Schwester zu.

Mich hätte er ruhig auch willkommen heißen können, dachte Deike, ließ sich aber nichts anmerken. Wenigstens schmeckte das Zeug wirklich gut. Hannes hatte einen guten Geschmack, das bestätigte sich einmal mehr.

Es kam, wie sie befürchtet hatte: Natty erzählte voller Begeisterung von ihrem Ausflug nach Vitt und hoch an das Kap.

»Wir haben uns Ringe gekauft. Es gibt hier so schönen Bernsteinschmuck!« Hannes griff nach Nattys Hand und sah sich das kleine Kunstwerk aus Silber und dem versteinerten Harz interessiert an. Deike streckte ihm ihre Hand ebenfalls hin, doch er beachtete sie nicht. Um die blöde Situation zu überspielen, griff sie nach dem Krug. Die Gläser der beiden waren noch gut gefüllt. Dann schenkte sie eben nur sich selber nach. Besonders viel Alkohol schien nicht in dem süffigen Gebräu zu sein, vermutete sie. Davon konnte sie bestimmt ein Gläschen mehr vertragen. Die Musik in dem Laden war richtig gut. Ihr Fuß wippte im Takt, ihre Finger trommelten auf der Tischplatte leise die Melodien mit. Natty erzählte die Krafttiergeschichte. Klar, dass sie Hannes damit zum Lachen bringen konnte.

»So ein Blödsinn!«, brachte er schnaufend hervor.

Das war nun wirklich nicht fair von Natty. Immerhin war das ihre Geschichte. Sie hätte die Chance gehabt, sich damit auch an der Unterhaltung zu beteiligen. Aber das war schon immer so gewesen. Die hübsche Natty war das Zentrum der Aufmerksamkeit, und Deike war das hässliche Entlein. Oder der hässliche Frosch. Ihr Glas war schon wieder leer. In diese Becherchen passte aber auch nichts rein.

»Was machst du eigentlich, wenn du keinen Urlaub hast?«, fragte Hannes Natty gerade.

»Ich arbeite in einer orthopädischen Klinik.«

Wenn Deike sie auf ihre Arbeit ansprach, wimmelte sie sie immer ab und wollte in den Ferien nichts davon hören, doch wenn er fragte, war das natürlich etwas ganz anderes.

»Ein Freund von mir hat sich beim Volleyball den Meniskus gerissen. Das ist eine langwierige Geschichte, oder?«

Ha, jetzt hatte er einen Fehler gemacht. Fachgespräche führte Natty grundsätzlich nicht in ihrer Freizeit. Gleich würde sie die rote Karte zücken.

»Das kommt darauf an.« Natty legte den Kopf schief. »Normalerweise sollte er ein bis zwei Wochen nach der OP wieder auf den Beinen sein. Bis er allerdings wieder Volleyball spielen kann, dauert es erheblich länger. Ist es der Innen- oder der Außenmeniskus?«

Deike kannte ihre Schwester nicht wieder. Andererseits … Natürlich, sie flirtete. Im Krieg und in der Liebe ist alles erlaubt. Da durfte man sogar über gerissene Knorpel sprechen.

»Ich hole mal einen neuen Eimer«, verkündete Deike, nahm den inzwischen leeren Krug und ging damit zur Theke. Dort herrschte ein ziemliches Gedrängel. Diese prickelnde Kinderbowle schmeckte wohl nicht nur ihr so gut. Egal, sie konnte sich Zeit lassen. Die beiden Turteltauben würden sie sowieso nicht vermissen. Sie fragte sich kurz, warum sie ihrer Schwester den Flirt nicht einfach gönnen konnte, warum es sich so schal anfühlte, aber dann schob sie den Gedanken gleich wieder beiseite.

Auf der Tanzfläche war wenig Betrieb. Erstaunlich, bei der guten Musik! Sie könnte Hannes fragen, ob er Lust hatte, mit ihr zu tanzen, aber bestimmt hatte er zwei linke Füße.

»So, hier kommt frischer Stoff!« Deike goss schwungvoll die Bowle ein, die über Nattys Glas hinausschoss und Sprenkel auf deren Bluse hinterließ.

»Hey, pass doch auf!«

»Entschuldigung«, murmelte sie zerknirscht.

»Dir ist wohl der Frosch zu Kopf gestiegen«, scherzte Natty. Sie war unglaublich. Wie es aussah, war ihr Ärger von einer Sekunde auf die andere schon wieder verraucht. »Ich gehe mal ins Bad und rette, was zu retten ist.«

»Tut mir ehrlich leid«, sagte Deike leise. Wie so oft fühlte sie sich in der Nähe ihrer Schwester wie ein Trampel. Sie hatte ein schrecklich schlechtes Gewissen.

Hannes legte eine Hand auf ihre. »Nun lass doch nicht gleich den Kopf hängen. Das ist doch nur eine Bluse.«

Sie sah auf, direkt in seine grauen Augen, die mit einem Mal ganz vertraut wirkten. Mann, war das ein Blick! Ihr wurde warm ums Herz.

»Aber vielleicht eine teure«, gab sie zu bedenken und zog die Nase kraus.

»Selbst schuld, wenn man viel Geld für Klamotten ausgibt.«

Diese Argumentation hatte etwas für sich, fand sie. Sie überlegte fieberhaft, was sie jetzt Kluges oder Witziges sagen konnte. Aber sie konnte sich nicht so recht konzentrieren. Das lag sicher an seinen Augen. Die lenkten sie total ab. Und dazu noch dieses Lächeln. Deike merkte, wie sie dahinschmolz. Am anderen Ende des Raums sah sie Natty, die auf dem Weg zu ihnen zurück war.

»Hast du Lust zu tanzen?«, fragte sie schnell. »Oder tanzt du aus Prinzip nicht?« Sie grinste ihn frech an.

»Doch, gern sogar.« Hannes stand doch tatsächlich auf und schlenderte mit ihr zur Tanzfläche. Deike hatte Schmetterlinge im Bauch. Sie hatte auch ein schlechtes Gewissen – mal wieder ––, weil sie Natty gerade gewaltig in die Parade fuhr. Ach was, Nathalie hätte ihn längst auffordern können, wenn sie gewollt hätte. Was war schon gegen ein Tänzchen einzuwenden?

Bei einem Tanz blieb es nicht. Als Deike später in ihrem Bett lag, das partout nicht aufhören wollte, sich zu drehen, war ihr, als wären sie noch mehrmals zum Tanzen gegangen. Der Restaurant-Chef – hatte Hannes den eigentlich mit Namen vorgestellt? – hatte sich irgendwann an ihren Tisch gesetzt und sich mit Natty unterhalten. Sie erinnerte sich an Hannes' kräftige Arme, die sie gehalten hatten, wenn sie etwas zu übermütig eine Pirouette drehte. Und sie erinnerte sich an seinen muskulösen Rücken, auf dem ihre Hand während des Tanzens lag. Hatten sie wirklich so viel gelacht und Spaß gehabt, oder war das nur ein Traum? Wenn sie die Augen schloss, sah sie sein Gesicht vor sich, die kantigen Wangen, das niedliche Grübchen am Kinn, die geraden weißen Zähne und die Lippen, die so weich aussahen. Vor allem dieser Blick, mit dem er sie manchmal angesehen hatte, ließ sie nicht mehr los. Der war so liebevoll gewesen, so, als könnte er sie richtig gut leiden.

Wer war eigentlich nach Hause gefahren? Sie hatte nicht die geringste Ahnung. Sie wusste nur noch, dass sie sich großartig gefühlt hatte, bis sie aus der Tür des Restaurants getreten waren und die frische Luft ihr die Beine unter dem Leib weggeschlagen hatte.

Als sich Deike am nächsten Morgen, es ging auf elf Uhr zu, aus dem Bett quälte, hatte Natty bereits Kaffee gekocht, den Tisch gedeckt und vollführte nun auf dem Wohnzimmerteppich eine Übung, deren purer Anblick Deike schon überforderte. Sie absolvierte – wie jeden Morgen – ihre Krankengymnastik. Das nannte man wohl Disziplin!

»Guten Morgen«, rief sie aus dieser merkwürdigen Haltung und klang munter und gutgelaunt.

»Guten Morgen«, krächzte Deike und musste husten. Ihre Stimme klang alles andere als munter. Sie hörte sich eher an, als hätte sie ihr Krafttier verschluckt. »Habe ich dir nicht gesagt, dass die Eingeborenen heimtückisch und gemeingefährlich sind?«

»Die Einheimischen.« Natty rollte ab und stand ungeheuer elegant auf.

»Habe ich doch gesagt.« Sie rieb sich die Schläfe. »Maibowle, das hört sich nach Kindergeburtstag an, aber nicht nach Kopfschmerzen. Die hätten einen Warnhinweis auf diese Krüge drucken müssen! Bestimmt war da zu viel Waldmeister drin. Ich habe mal gelesen, irgendeiner der Inhaltsstoffe verursacht Kopfschmerzen, wenn man ihn in zu großer Menge zu sich nimmt.«

»Ja, das habe ich auch gelesen. Die Inhaltsstoffe heißen Wein und Sekt, glaube ich.«

»Witzig«, brummte sie. »Ich glaube, ich bin endgültig aus dem Alter raus, mir dermaßen die Rübe zu vernebeln.«

»Du warst noch nie in dem Alter. Alkohol hast du doch noch nie vertragen.«

»Stimmt auch wieder.«

»Tröste dich, ein kräftiges Frühstück, ein bisschen frische Luft, und du bist wieder fit. Der Preis ist nicht sehr hoch für einen so guten Abend, oder?«

»Ja, es war ganz okay.«

»Ganz okay? Du hast dich amüsiert wie Bolle. Ich brauche mir jetzt jedenfalls keine Sorgen mehr zu machen, dass mein Schwesterchen in fiese Nachbarschaftsstreitereien verwickelt wird. Hannes hast du gestern beinahe adoptiert.«

»Quatsch.« Sie schmierte sich mit angewidertem Gesicht Butter auf ihr Brötchen. Appetit hatte sie noch keinen, aber es war klug, dem Magen etwas anzubieten. »Ich wollte nur nett sein. Aber irgendwie ist der komisch.«

»Dafür hast du aber ziemlich oft mit ihm getanzt.«

Deike sah sie skeptisch an. Tief in ihrem Hinterkopf regte sich die Erinnerung, aber so recht wusste sie nicht mehr, ob sie viel oder wenig getanzt, mit wem sie geredet hatte. Sie wusste nur, dass es tatsächlich ein guter Abend gewesen war. Trotz des ausgewachsenen Katers, den sie mit sich herumschleppte, fühlte sie sich irgendwie beschwingt. Nur dass dieses Gefühl sich noch nicht völlig durchsetzen konnte.

»Eng umschlungen, wie ich ergänzen möchte.« Natty lächelte und sah verdächtig zufrieden aus.

»Du willst mich doch veralbern. Das ist böse. In meinem Zustand kann ich mich nicht wehren«, jammerte Deike. Ihre

Schwester strahlte noch immer hingerissen. Sie kannte Nattys Gesichtsausdruck, wenn die sie auf den Arm nahm. Dieser hier war anders. Das konnte nur eins bedeuten.

»Na servus!«, sagte sie stöhnend.

Natty warf den Kopf in den Nacken und lachte schallend.

Sie legten einen Strandtag ein. Ungeachtet von Deikes Protest liefen sie zu Fuß zur Prorer Wiek. Das sei genau richtig für ihren Kreislauf, hatte Natty sehr entschieden mitgeteilt. Widerspruch war zwecklos. Bockig wie ein kleines Kind lief Deike hinter ihrer Schwester her. Alle paar Minuten nahm sie einen Schluck aus der Wasserflasche. Meine Güte, hatte sie einen Durst!

Am Bodden entlang konnten sie den Wanderweg nehmen, dann mussten sie sich parallel zur Bundesstraße durch den Wald schlagen. Sie hielten sich rechts, um nicht an dem unfassbar hässlichen Koloss von Prora zu landen. Der gigantische Bau, der Teil eines KdF-Seebades hatte sein sollen, war nicht gerade das, was ihnen an diesem Tag Kraft oder Freude hätte geben können. Sie konnten ihn an einem anderen Tag ansteuern, wenn ihnen der Sinn nach Besichtigung und Geschichte stand. Jetzt wollten sie nur faul auf ihren Handtüchern liegen und in die Sonne blinzeln.

»Ich wusste gar nicht, dass es hier so einen tollen Strand gibt«, rief Natty aus, als sie den Abschnitt zwischen dem Koloss und Binz erreicht hatten. »Der ist ja total breit! Und so feiner Sand …« Sie konnte sich gar nicht sattsehen. »Fast wie in der Karibik.«

»Schöner. Oder hast du in der Karibik schon mal so tolle Strandkörbe gesehen?« Deike stellte fest, dass der Spaziergang ihr wirklich gutgetan hatte. Und sie war in diesem Moment irgendwie stolz auf »ihre« Insel.

»Du hast recht. Rügen ist schöner als die Karibik. Und schöner als Ibiza oder Mallorca.« Sie warf ihrer Schwester einen vielsagenden Blick zu.

Sie zogen ihre Schuhe aus und gingen ein paar Schritte näher an die Wasserlinie heran. Der Sand fühlte sich herrlich warm unter den Füßen an. Es war fast völlig windstill, ein Zustand, den Deike noch nicht erlebt hatte, seit sie hier lebte. Die Ostsee lag wie ein Spiegel da. Einige Mutige waren schon im Wasser, obwohl das bestimmt noch ziemlich kalt war. Vor allem Kinder tummelten sich weit vorne, wo es ganz flach war, schaufelten den nassen Sand in kleine Eimer und brachten ihn dann den Eltern, die daraus ganze Festungen errichteten. Nur wenige der blau-weiß ausgeschlagenen Strandkörbe waren besetzt. Die meisten hatten es sich auf ihren Handtüchern bequem gemacht. So machten es auch Deike und Natty. Deike legte sich auf den Rücken, den Oberkörper auf die Ellenbogen gestützt, so dass sie am Horizont die Fähren sehen konnte, die aus Schweden, Litauen oder Russland nach Sassnitz kamen. Sie grub sich eine Mulde, indem sie ihren Po ein paar Mal hin- und herschob, und seufzte schließlich zufrieden.

»Erinnerst du dich noch an Christian?«, brach Natty nach einer Weile das Schweigen.

»Das ist ja eine Frage! Natürlich erinnere ich mich an ihn. Warum willst du das wissen?«

»Ich habe ihn neulich getroffen. Stell dir vor, er war mit seiner Frau und seinem Sohn in der Klinik.«

»Christian hat ein Kind?«

»Drei. Er hat mir erzählt, dass er drei Kinder hat. Wer hätte das gedacht?«

Ja, wer hätte das gedacht? Christian, der Mädchenheld aus Nattys Parallelklasse, tauchte nach Jahren der Versenkung wieder vor Deikes innerem Auge auf. Mann, war sie verknallt in ihn gewesen. Wie so ziemlich alle Mädchen aus ihrer Klasse. Und er war auch an ihr interessiert gewesen, das hatte sie sich bestimmt nicht nur eingebildet. Manchmal hatte er auf dem Pausenhof mit ihr ein Schwätzchen gehalten. Ihr fielen die neidischen Blicke der anderen Mädels und ihre bissigen Kommentare ein. Deike hatte das sehr genossen. Und dann, eines Tages, kam Natty daher, als sie und Christian gerade besonders nett plauderten. Sie erinnerte sich noch ganz genau: Natty biss herzhaft in einen knallgrünen Apfel, bedachte Christian nur mit einem kurzen freundlichen Lächeln und wollte eine Auskunft von ihrer Schwester haben. Christian war wie paralysiert. Er konnte die Augen nicht mehr von Natty lassen. Von dem Moment an war Deike bei ihm abgemeldet. Schlimmer noch. Wann immer er noch mit ihr sprach, hatte sie das Gefühl, er wolle nur seine gute Verbindung zu ihr nutzen, um an Nathalie heranzukommen.

Deike ließ sich auf den Rücken sinken und schloss demonstrativ die Augen.

Am Nachmittag schoben sich ein paar Wolken vor die Sonne. Es wurde kühl. Dann kam auch noch ein leichter Wind auf, der die beiden endgültig vom Strand vertrieb. Laute Musik quoll zwischen den Bäumen hervor, noch bevor sie das Doppelhaus mit dem Reetdach sehen konnten.

»Dein Nachbar scheint das Fest gestern gut überstanden zu haben«, stellte Natty fest.

»Das sollte ich mir mal erlauben«, schimpfte Deike leise. »Einmal habe ich meine Anlage auf etwas mehr als Zimmerlautstärke gedreht, da stand er gleich auf der Matte! Und jetzt beschallt er den gesamten Ort.« Sie bemerkte, dass alle Vorhänge seiner Hälfte aufgezogen waren. Erstaunlich. Wenn sie so darüber nachdachte, kam es ihr vor, als sei das schon gestern der Fall gewesen, oder täuschte sie sich? Was war bloß in ihn gefahren? Er war wie ausgewechselt. Vielleicht war es gar nicht Hannes, mit dem sie gestern aus waren. Womöglich hatte er einen Zwillingsbruder, der sich gerade einen großen Spaß machte, überlegte sie, als sie um das Haus nach hinten gingen, um ihre Handtücher auf die Leine zu hängen.

Hannes war gerade dabei, seinen Rasenmäher aus dem Gartenhäuschen zu schieben. Die schlabbrige Trainingshose erstickte jeden Zweifel im Keim, das musste er sein und kein ominöser Zwillingsbruder.

»Hallo«, rief Natty ihm auch schon fröhlich zu. Sie schwärmte von dem herrlich breiten Strand und dem feinen Sand. »Wir waren sogar kurz im Wasser, aber das war noch zu kalt.« Sie zog die Nase kraus.

Bildete sie sich das nur ein, oder suchte er immer wieder Deikes Blick? Bestimmt wollte er sie darauf hinweisen, dass auch ihre Rasenhälfte gemäht werden musste.

»Das Gras ist ordentlich gewachsen«, setzte er auch schon an. Hatte sie es doch gewusst! Sie lauerte. Nur ein Wort, und sie würde auf der Stelle verlangen, dass er die Musik leiser stellte. Zwar gefiel ihr diese rockige Gitarre, die aus seinem Wohnzimmer zu hören war, aber das würde sie natürlich nicht zugeben.

»Ich wollte mähen, solange ihr unterwegs seid, damit euch das Brummen nicht auf die Nerven geht.« Er sah ein bisschen hilflos aus und schien zu überlegen, ob er sein Vorhaben lieber aufgeben sollte.

»Ach, das stört doch nicht«, beruhigte Natty ihn. »Wenn du Deikes Hälfte auch mähst, haben wir nichts dagegen.« Sie zwinkerte unbekümmert.

Ganz schön unverschämt, fand Deike.

»Klar, kein Problem.« Er sah sie an. »Soll ich? Mir macht das nichts aus. Der Garten ist ja nicht so groß.«

»Das wäre supernett!«

»Gerne!« Da war wieder dieser unglaublich süße Ausdruck in seinem Gesicht, als wären sie enge Vertraute. Verflixt, sie würde sich doch wohl nicht in ihn verknallen? Das durfte sie auf keinen Fall. Er wollte bestimmt nur nett sein, um ihrer Schwester zu imponieren. So etwas kannte Deike ja schon.

Sie nahm die Handtücher von der Leine.

»Und, habt ihr für morgen schon etwas vor?«

Deike fuhr erschrocken herum. Hannes saß mit einem Glas Wein auf seiner Terrasse. Sie hatte ihn überhaupt nicht gesehen.

»Hast du mich erschreckt«, stieß sie hervor. Ein Blick in seine Augen und schon wusste sie nicht mehr, was sie sagen sollte.

»Das wollte ich nicht.«

»Schon gut.« Hatte er sie nicht etwas gefragt? Sie musste sich konzentrieren. »Nein, es gibt keinen Plan. Mal sehen, wie das Wetter ist und wozu Natty Lust hat.«

»Wo steckt sie überhaupt?«

Das war ja klar. Es hätte sie auch sehr gewundert, wenn er nicht nach ihr gefragt hätte. »Unter der Dusche, nehme ich an«, antwortete Deike kühl.

»Ah.« Hannes nickte. »Ich wollte dir übrigens etwas sagen.« Er sah sie ernst über seinen Rotwein hinweg an. Ihr Herz schlug einen Takt schneller.

Natty trat auf die Terrasse. Sie biss herzhaft in einen Apfel. »Da steckst du ja, Schwesterchen!«

»Falsch angenommen«, murmelte Deike leise.

»Ich habe gerade gefragt, ob ihr für morgen schon etwas geplant habt. Ich will mich nicht aufdrängen, aber ich würde sonst vorschlagen, gemeinsam die Kreidefelsen zu besuchen. Am Sonntag ist es natürlich ziemlich voll. Wenn ihr trotzdem Lust habt, biete ich mich gern als Fremdenführer an.«

»Das ist nett, aber wir wissen noch gar nicht, ob wir ausgerechnet morgen zu den Kreidefelsen laufen wollen«, wehrte Deike sehr bestimmt ab. »So toll finde ich die Tour nicht, um ehrlich zu sein. Ich hatte mir mehr davon versprochen.« Da hatte sie ja mal ganz raffiniert einfließen lassen, dass sie sich auskannte und sie keinen Fremdenführer brauchten.

»Also ich würde die Felsen schon gern sehen«, widersprach Natty.

»Aber Hannes hat recht: Morgen ist es bestimmt total voll. Und du bist doch noch ein paar Tage hier. Wenn du willst, gehen wir am Montag.«

»Wie ihr wollt.« Er nahm einen Schluck Wein und ließ sich nicht anmerken, ob er enttäuscht war.

Es entstand eine peinliche Stille. Natty schien mit sich zu ringen, ob sie Deike nicht doch überreden sollte. Und die war selbst nahe daran, auf das Grauen, das der Gedanke an die vielen steilen Stufen bei ihr auslöste, zu pfeifen und auf seinen Vorschlag einzugehen.

Schließlich leerte Hannes sein Glas, erhob sich und schob seinen Stuhl an die Hauswand. »Ich wollte wirklich nicht aufdringlich sein. Ich dachte nur, ich könnte euch mehr erzählen als die örtlichen Reiseleiter. Ich arbeite nämlich im Nationalparkamt. Übrigens würde ich euch nicht raten, den Fußweg zu nehmen. Der ist tatsächlich nicht so toll. Ihr solltet unbedingt mit dem Schiff fahren, damit ihr die Felsen vom Wasser aus seht.« Er lächelte beide noch einmal an. »Gute Nacht.«

»Hannes!« Deike und Natty versuchten im gleichen Augenblick, ihn aufzuhalten.

»Du arbeitest im Nationalparkamt? Das wusste ich gar nicht.« Deike knetete die beiden Handtücher, die sie noch immer über dem Arm trug. »Das klingt spannend!«

»Ist es auch.«

»Was machst du denn da genau?«, wollte Natty wissen.

»Ich bin Geologe. Das Steilufer und die Versteinerungen in der Kreide haben eine Menge zu erzählen. Dann muss ich mit meinen Kollegen ständig ein Auge darauf haben, ob ein größerer Abbruch zu erwarten ist. Wir haben zwar genug Touristen auf der Insel, aber es ist trotzdem immer blöd, wenn welche von der Kreide verschüttet werden«, meinte er grinsend.

»Ist das schon passiert?« Deike musste daran denken, wie nah sie mit Udo Neuhaus und der Seniorentruppe den Felsen gewesen war.

»Mehrfach. Leider.«

»Sind die dann gleich tot?«, fragte sie, um das Gespräch noch etwas in die Länge zu ziehen. Kaum dass sie den Satz beendet hatte, bereute sie ihn auch schon. Er musste sie ja für komplett verblödet halten.

Hannes lachte laut auf. »Ja, komisch, den meisten bekommt es irgendwie nicht, unter einer drei Meter hohen Schicht aus Mergel und Kreide zu liegen«, brachte er belustigt hervor.

»Klar, so meinte ich das auch nicht. Ich wollte wissen, ob …«, stammelte sie unbeholfen.

»Ist das denn immer gleich so viel?«, sprang Natty in die Bresche.

»Beim letzten Abbruch waren es rund zweihundertachtzig Tonnen, die runtergekommen sind. Das ist wenig. Als ich im Nationalpark anfing, im Jahr 2005, da brach ein großer Teil der Wissower Klinken weg. Dagegen war der Abbruch vor ein paar Wochen ein Hauch.« Er sah Deike an. »So sind sie, die Gäste, in den Hotels zahlen sie viel Geld, um mit Rügener Kreide eingerieben zu werden, und wenn das Zeug kostenlos auf sie runterfällt, sterben sie vor Schreck.« Er machte eine Pause und sagte dann: »Ich wollte mich nicht über dich lustig machen. Deine Frage klang nur so drollig. Nein, glücklicherweise gibt es nicht immer gleich Tote, wenn etwas von den Felsen abbricht. Meistens werden die Spürhunde angefordert, um mögliche Verschüttete schnellstens zu finden.«

Wieder eine kleine Pause.

»Glücklicherweise ist das nur ein winziger Teil meiner Arbeit. Viel mehr habe ich mit Naturschutz zu tun, kümmere mich um die Moore in der Gegend und kooperiere mit den Förstern.«

»Jetzt bin ich so neugierig geworden, dass ich morgen unbedingt an die Felsen will«, erklärte Natty wild entschlossen. Sie wandte sich an Deike: »Eine Bootsfahrt ist doch immer lustig. Wollen wir?«

»Du bist hier zu Gast, du entscheidest.«

»Ihr müsst euch nicht verpflichtet fühlen.«

»Schon in Ordnung«, sagte Deike schnell. »Wer weiß, wie lange sich das Wetter noch hält. Was wir haben, haben wir. Also wann treffen wir uns?«

8.

Es war ein herrlicher Tag. Die Sonne schien und wärmte die Ausflügler trotz des leichten Windes, die Ostsee funkelte, als wolle sie Deike endgültig für sich einnehmen, Möwen schrien und segelten über die schneeweiße Fähre, und Hannes zeigte sich einmal mehr von seiner besten Seite. Sie waren gleich nach dem Frühstück von Göhren gestartet. Schon dort, in dem Ort, der im Gegensatz zu Binz und Sellin noch eher als Geheimtipp galt, löste Hannes sein Versprechen ein und schlüpfte in die Rolle des Reiseführers. Er erzählte vom Nordperd, einer Landzunge, die sich wie der Zipfel einer Mütze in die Ostsee reckte. Von dort hatte man einen Blick auf einen mächtigen Findling, der im Wasser lag, als hätte ein Riese ihn aus purem Vergnügen dort hingeworfen.

Bestimmt war das der Hüne Boy aus der Galerie am Kap Arkona, ging es Deike durch den Kopf.

Hannes erzählte, der Stein sei aus Granit und schon in der Bronzezeit für Kulthandlungen verwendet worden. Dass Gestein sein Spezialthema war, konnte er nicht leugnen. Er wusste einfach alles über seine Beschaffenheit, die auch seine Herkunft verriet. Deike staunte, wie interessant ein Referat über einen Felsbrocken sein konnte. Sie beobachtete Natty, die ebenfalls jedem Wort gebannt lauschte.

»Soll ich euch verraten, was ich am besten am Buskam, wie der Findling genannt wird, finde?« Er machte eine kurze Kunstpause und ließ dann ein breites Grinsen sehen. »Je nach Wasserstand kann man ihn ahnungslosen Touristen als Wal unterjubeln. Ich habe mal einer Abordnung aus dem Umweltschutzministerium in Berlin erzählt, der Buskam gehöre zu den Zahnwalen und lasse sich seit drei Jahren regelmäßig vor Rügens Küste sehen.« Es war deutlich zu spüren, wie viel Vergnügen ihm selbst die Erinnerung daran noch bereitete. »Ihr glaubt nicht, was die alles gesehen haben. Der Wal hat sich gedreht, man konnte die Finne erkennen und sogar den Blas als feinen Nebel. Einer meinte dann auch noch, er habe ganz leise Walgesang gehört.«

»Das ist nicht dein Ernst!« Natty schüttelte amüsiert den

Kopf. Sie trug die Haare offen, nur von einem Tuch aus dem Gesicht gehalten, und sah hinreißend aus, wie Deike fand.

Er nickte. »Doch, leider. Man kann nur hoffen, dass wir nicht von der Kompetenz der Abordnung, die man uns damals geschickt hat, auf die Qualität unserer Politiker im Allgemeinen schließen müssen.«

Deike notierte sich etwas.

»Immer im Dienst?«, fragte er.

»Nein, nein.« Sie schüttelte heftig den Kopf. »Das ist rein privat. Immerhin hat mein Schwesterherz noch ein paar Tage auf der Insel. Da sind Insider-Ausflugstipps Gold wert.«

»Nordperd gehört auf jeden Fall dazu«, bekräftigte er. »Von dort hat man einen superschönen Blick auf Usedom.«

Deike zog die Stirn kraus. »Flunkerst du schon wieder?«

Er lachte. »Nein, Ehrenwort.« Er legte beide Hände auf sein Herz. »Ich flunkere höchstens Berliner Anzugträger an, aber doch keine sympathischen hübschen Frauen. Nordperd ist der östlichste Punkt von Rügen. Von da ist es nicht sehr weit bis nach Usedom rüber.«

Deike und Natty genossen die herrlich salzige Luft und die noch milde Sonne auf der Haut, und Hannes unterhielt sie prächtig. Er erzählte von der Baaber Bek, die Wanderer oder Radfahrer nur mit Hilfe eines Fährmannes überwinden konnten, der sie von dem einen Ufer zum anderen ruderte. Als sie an der Seebrücke von Sellin vorübertuckerten, sprang Natty auf und lief hinüber zur Reling.

»Wusstest du, dass dort eine Außenstelle des Standesamtes ist?«, fragte er Deike. Was sollte das denn? Froh, sich hinter ihrer riesigen Sonnenbrille verstecken zu können, beäugte sie ihn. Wenn er sie noch lange aus seinen schönen blauen Augen ansah, würde sie ihm auf der Stelle einen Antrag machen.

»Ja, das weiß ich«, gab sie zurück und war froh, dass ihre Stimme recht sachlich klang. »Wir haben schon öfter darüber geschrieben und Arrangements vorgestellt, die Heiratswütige buchen können.«

»Es ist alles ein großes Geschäft, was? Nicht sehr romantisch.«

»Was war denn das für eine Glocke am Ende der Brücke?« Natty war zurück und setzte sich wieder neben Deike auf die Bank.

»Das ist eine Tauchgondel. Besonders empfehlenswert für alle Fischesser. Wenn man Hering und Dorsch in ihrem Lebensraum beobachten kann, steigt die Chance, dass man sie auf dem Teller nicht mehr so toll findet.«

Deike dachte an die Garnelen, die sie ihrer Schwester am ersten Abend serviert hatte, und bekam ein schlechtes Gewissen.

»Übrigens hat Sellin viel mehr zu bieten als nur die Seebrücke. Wenn ihr Zeit dafür habt, empfehle ich euch den Friedensberg. Das ist ein Kraftort.«

Natty prustete los: »Gibt es da Frösche?«

»Bestimmt!«

Deike boxte Natty gegen den Oberarm. »Witzig, wirklich ungeheuer witzig. Also, was gibt es denn auf dem Friedensberg nun zu sehen?«

Er erzählte, dass er von Kraftorten und derlei esoterischem Blödsinn nichts halte, aber dieser Platz sei etwas ganz Besonderes. Voller Überzeugung beschrieb er die Ruhe, die in diesem Waldstück herrschte. »Als ob die Bäume keinen Lärm dulden würden und das Moos jedes Geräusch verschluckt. Ich weiß, das klingt albern, aber ich kann es nicht anders ausdrücken. Wenn's bei mir mal stressig wird, radele ich da hin und stehe einfach ein paar Augenblicke ganz still. Ich gucke mir an, wie die Sonne durch die Wipfel fällt, wie sie ständig wechselnde Muster auf den grünen Boden malt. Ich höre den Vögeln zu und beobachte mit Glück ein Eichhörnchen, wie es sich kopfüber an der Baumrinde festkrallt. Ein paar Minuten und ich bin total ruhig und entspannt.«

»Hört sich gut an«, gab Deike zu.

Natty nickte versonnen. »Aber kann man solche Momente der Ruhe nicht in jedem Wald erleben?«

»Einerseits ja, andererseits ist das auf dem Friedensberg anders. Ich weiß auch nicht, vielleicht liegt es daran, dass das Waldstück über dem Meer liegt.« Er zuckte mit den Schultern. »Oder es gibt eben doch unerklärliche Phänomene.«

»Wir werden das ausprobieren«, entschied Natty. »Und wenn uns ein Frosch begegnet, werden wir ganz schön umdenken müssen.«

Sie fuhren an Prora vorbei. Obwohl sich die Häuserblocks der einst als KdF-Seebad geplanten Anlage kilometerlang parallel zum Strand hinzogen, waren sie vom Wasser aus fast gar nicht zu sehen. Ganz anders der Fährhafen Mukran, den sie wenig später passierten.

In Sassnitz legte die Fähre zum letzten Mal an, bevor es zu den Kreidefelsen ging.

»Die Fahrt zu den Felsen und zurück dauert noch mal eine Stunde«, informierte Hannes die beiden. »Ich hoffe, ihr langweilt euch nicht schon.«

»Ganz und gar nicht.«

»Nein, überhaupt nicht.« Deike stand auf. »Aber ich verdurste gleich. Was wollt ihr trinken? Ich gebe eine Runde aus.« Hannes wollte protestieren. »Für das Rasenmähen!«, sagte sie in einem Ton, der keinen Widerspruch duldete.

»Und wofür werde ich eingeladen?«

»Weil du meine Schwester bist!« Sie strahlte Natty an.

Es war keine gute Idee, ausgerechnet jetzt zu der kleinen Bar zu gehen, als gerade neu zugestiegene Fahrgäste nach Plätzen suchten. Sie schlängelte sich auf dem Rückweg, eine große Flasche Wasser und drei Gläser in den Händen, durch die Menschen, die in Richtung Außendeck drängten. Mitten in der Menge entdeckte sie einen sonnengebräunten Mann mit schwarzen Haaren und einer Kappe auf dem Kopf: Silvio. Sie überlegte kurz, ob sie ihn auf sich aufmerksam machen sollte, doch das war nicht nötig. Auch er hatte sie inzwischen ausgemacht.

»Ciao«, rief er ihr zu und winkte.

»Hallo!« Da sie beide Hände voll hatte, begnügte sie sich mit einem Nicken.

Silvio hatte eine unübersichtliche Zahl von Italienern unterschiedlichen Alters, von einem Kleinkind bis hin zu einem alten Herrn mit schrumpeligem Gesicht, im Schlepptau.

»Meine Familie aus Napoli«, stellte er mit einer ausladenden Armbewegung vor. Die Truppe lachte sie freundlich an, der alte Herr ein wenig zahnlos, aber nicht weniger herzlich. »Und das ist die Signorina, der ich das Leben gerettet habe«, erklärte er stolz. Aha, er hatte also von ihr gesprochen. Interessant!

»Ich bin die Signorina, die er beinahe ertränkt hat«, korrigierte sie mit zuckersüßem Lächeln.

Die italienischen Herrschaften nickten begeistert. Vermutlich verstanden sie kein Deutsch.

»Bist du allein?«, wollte Silvio wissen.

»Nein, meine Schwester und mein Nachbar warten draußen auf mich.«

»Ist noch Platz bei euch? Dann setzen wir uns zu euch.« Ohne eine Antwort abzuwarten, rief er: »Venite!«, wedelte mit dem Arm, und schon setzte sich die Truppe mit Kind und Kegel und zahnlosem Falten-Männlein in Bewegung.

»Natty, Hannes, Silvio«, machte Deike einen Moment später wenigstens die Hauptfiguren des kleinen Zwischenspiels miteinander bekannt. Der faltengesichtige Sandro, ein Großonkel mütterlicherseits, schob sich neben Natty auf die Bank. Die anderen hockten sich auf den Boden oder drängelten so lange, bis ein kleines Plätzchen für sie auf den Bänken frei wurde.

Silvio gab lauthals die Lebensretter-Geschichte zum Besten, danach kümmerte er sich nicht weiter um Natty und Hannes, sondern wandte sich ausschließlich Deike zu.

»Wie hat dir die Fahrt im Roland gefallen?«, wollte er wissen. Dann fragte er sie nach ihrer Arbeit, danach, wie gut sie sich in der Redaktion eingelebt habe. Man musste meinen, die beiden seien sich schon viel öfter begegnet als nur zweimal.

Die Kreideküste begann mit den Wissower Klinken, von denen nach dem Abbruch, von dem Hannes erzählt hatte, nichts mehr übrig war. Deike hätte zu gern seine Ausführungen gehört, aber Silvio redete unaufhörlich auf sie ein. Er war durchaus charmant und amüsant. Schön, sie erfuhr nichts über die Kreideformationen, die vom Wasser aus tatsächlich um ein Vielfaches imposanter waren als vom Strand oder gar von der Aussichtsplattform. Sie strahlten in beinahe unnatürlichem Weiß. Dafür wusste Deike nun alles über Großonkel Sandro, der Bootsbauer war und sich mit siebzig Jahren noch ein Segelboot gebaut hatte, mit dem er von Italien durch das Mittelmeer bis in die Türkei gesegelt war. Und sie kannte die Geschichte von Mario, einem rothaarigen, auffallend blassen jungen Mann, der bereits zweimal die Pizza-Akrobatik-Weltmeisterschaft gewonnen hatte. Bis zu diesem Zeitpunkt hatte sie nicht einmal gewusst, dass es so etwas überhaupt gab.

Sie wollte nicht unhöflich sein, immerhin war sie mit Hannes und Natty hier. Andererseits unterhielten die beiden sich augenscheinlich ziemlich gut. Sie gaben sich gar keine Mühe, Deike einzubeziehen. Zwar hatte sie manchmal das Gefühl, Hannes sehe zu ihr herüber, während er mit ihrer Schwester sprach, aber er machte keinerlei Anstalten, sie vor Silvios Redefluss zu retten. Dann eben nicht.

Silvios Familie war vollkommen fasziniert von dem Königsstuhl, der über hundert Meter hohen Krönung der Kreideküste. Sie fotografierten ihn gefühlt tausendmal, als ob er sich bewegen und immer wieder neu für die Kamera posieren würde. Ihre Stimmen überschlugen sich förmlich, Eleonora, Musiklehrerin aus Padua, klatschte in die Hände.

Die Hauptattraktion war besichtigt, das Schiffchen drehte um und fuhr auf gleichem Weg zurück. In Sassnitz gingen Silvio und der umfangreiche Clan von Bord. Beinahe hätten es nicht alle geschafft, weil sie Deike ja nun kannten und sie zum Abschied an sich drücken und ihr laute Schmatzer auf die Wangen verpassen mussten.

»Puh, die waren wie ein Orkan«, sagte Deike lachend, als die Fähre sich in Richtung Binz in Bewegung setzte.

»Kann man wohl sagen. Jetzt hast du alles verpasst.« Natty strich sich eine Haarsträhne aus dem Mund.

»Ja, schade.«

»Ich habe Hunger! Ich gehe uns etwas holen, jetzt habe ich mal die Spendierhosen an«, verkündete Natty und machte sich auch schon auf den Weg.

Hannes streckte demonstrativ seine Beine aus, als hätte er

durch die italienische Großfamilie viel zu wenig Platz gehabt. Er blickte stumm auf die Ostsee.

»Schade, dass ich dir nicht zuhören konnte«, begann Deike vorsichtig. »Vielleicht können wir das nachholen.«

Er zog die Augenbrauen hoch.

»Ich meine, ich könnte dich vielleicht mal im Nationalparkamt besuchen, ganz offiziell. Dann kannst du mir jede Menge über die Kreide und über deine Arbeit erzählen, und ich schreibe einen Artikel darüber. So eine Hintergrundreportage ist für Urlauber ziemlich interessant, glaube ich.«

»Meinst du?«

»Bestimmt.«

»Du kannst dich ja melden, ganz offiziell, du weißt ja, wo ich wohne.«

Sie lachte verunsichert. »Ja, das weiß ich.« Nachdem er mit Natty pausenlos geredet hatte, war er jetzt schweigsam wie eine Auster. Ihr fiel etwas ein. »Du wolltest mir gestern etwas sagen«, erinnerte sie ihn. »Aber da ist Natty aufgetaucht, und wir sind davon abgekommen.«

Seine Mundwinkel zuckten kurz, seine Wangenknochen traten hervor, so als ob er die Zähne zusammenbeißen müsste. »Was? Ach so, das hat sich erledigt«, sagte er dann finster. Mehr war aus ihm nicht herauszubekommen. Deike fuhr sich mit der Hand durch das störrische Haar und seufzte. Sollte er doch dahin gehen, wo der Pfeffer wächst, dieser eigensinnige Inselschlumpf!

Natty kam mit belegten Broten zurück. Sie hockten auf ihren Plätzen und aßen. Die Möwen zogen über ihren Köpfen Kreise. Immer frecher kamen sie heran, drehten erst im letzten Moment ab. Ihnen etwas zu geben war gewiss nicht klug. Die Tiere lernten sicher schnell und würden die nächsten Fahrgäste noch mehr belästigen. Trotzdem brachen Natty und Deike immer mal wieder kleine Krumen ab und warfen sie in die Luft. Die Vögel kreischten und drängten sich gegenseitig weg. Nur die schnellsten konnten in diesem Kampf Beute machen.

»Du hast wirklich etwas verpasst«, wiederholte Natty. »Wusstest du, dass in dieser Heilkreide ganz viele Mineralstoffe und Spurenelemente enthalten sind?«

»Ist Kreide nicht an sich ein Mineralstoff?«, fragte Deike irritiert zurück.

»Ich meine doch, dass da außerdem noch Eisen, Magnesium und Silizium drin ist. Das soll total gut für die Haut sein. Und bei Muskelverspannungen hilft eine Packung auch ganz prima, stimmt's?«

»Ja«, bestätigte Hannes. »Allein die Wärme, die in der Kreide gut gespeichert werden kann, löst schon die Verspannungen.«

»Wir müssen uns unbedingt eine Packung machen lassen. Oder wir kaufen uns die Kreide und schmieren uns damit gegenseitig ein. Das könnte ziemlich lustig werden.«

»Und eine ziemliche Sauerei«, gab Deike zu bedenken. »Du hast recht, das sollten wir uns nicht entgehen lassen.« Sie sammelte die Servietten ein. »So, liebe Möwen, das war's, Ende der Mahlzeit.« Damit stand sie auf und marschierte zu einem Mülleimer. Als sie zurückkam, klingelte Hannes Mobiltelefon.

Innerhalb von Sekunden hatte er es zur Hand und meldete sich atemlos. Deike und Natty sahen sich irritiert an.

Sein Gesicht spannte sich an, die vollen Lippen wurden zu einem schmalen Strich. »Wie geht es ihr?«, presste er leise hervor. Dann stand er auf. »Was genau ist denn passiert?« Er ging zur Reling.

»Das klingt aber gar nicht gut«, stellte Natty zerknirscht fest.

»Ob er eine kranke Mutter hat? Vielleicht ist sie in einem Pflegeheim.«

»Kann schon sein.«

Deike beobachtete ihn, wie er sich auf die Reling stützte. Ab und zu rieb er sich seine Augen. Er sagte nicht viel, sondern hörte aufmerksam seinem Gesprächspartner zu. Sie spürte das Bedürfnis, zu ihm zu gehen und ihn zu trösten, aber das tat sie natürlich nicht. Er nickte langsam und sah dabei sehr niedergeschlagen aus. Schließlich kehrte er zu ihnen zurück.

»Ich muss in Binz aussteigen. Es gibt ein Problem, um das ich mich sofort kümmern muss«, teilte er ihnen knapp mit.

»Können wir dir irgendwie helfen?«, fragte Natty, während Deike noch nach den richtigen Worten suchte.

»Nein. Das ist sehr nett, aber da muss ich alleine durch. Lasst euch den Tag nicht verderben, okay?« Er brachte ein freudloses Lächeln zustande und verschwand im Inneren der Fähre.

»Es dauert doch noch eine ganze Weile, bis wir in Binz anlegen«, stellte Deike fest. »Warum rennt er denn jetzt schon zum Ausgang?« Sie war ärgerlich, weil der Tag natürlich in gewisser Weise verdorben war. Und sie war ärgerlich, weil sie sich schrecklich hilflos fühlte und ihm doch so gerne geholfen hätte.

»Er will wohl alleine sein«, meinte Natty und sah noch immer hinter ihm her.

Am Abend blieb alles still und dunkel in der anderen Haushälfte. Deike schlief schlecht in dieser Nacht. Sie wälzte sich hin und her, bevor sie überhaupt einschlafen konnte. Dann wurde sie mehrmals wach. Ihre Haut spannte, sie hatte eindeutig zu viel Sonne abbekommen. Aber vor allem wollte ihr der merkwürdige und überstürzte Abgang von Hannes nicht aus dem Kopf gehen. Irgendwann, es war schon nach drei

Uhr, meinte sie nebenan Geräusche zu hören. War er jetzt erst nach Hause gekommen? Als ihr Wecker am nächsten Morgen um sieben mit sanfter Musik und Vogelgezwitscher den neuen Tag einläutete, fühlte sie sich wie erschlagen. Sie konnte die Augen kaum offenhalten, geschweige denn sich konzentrieren. Das konnte ja lustig werden in der Redaktion. Es ließ sich nur leider nicht vermeiden, dass sie einen Büro-Tag einlegte. Nach einem schnellen Frühstück fuhr Natty sie nach Bergen und machte sich dann allein auf Insel-Erkundungstour.

Pünktlich zu Deikes Dienstschluss trafen sie sich wieder, holten auf dem Heimweg ihr Abendessen vom Chinesen und setzten sich in das kleine Wohnzimmer, das immer dunkler wurde.

»Da braut sich etwas zusammen«, sagte Deike. »Ich zünde uns mal ein paar Kerzen an.« Sie ließ ihren vollen Teller stehen. Hunger hatte sie sowieso keinen.

»Es könnte ein Gewitter geben. Das würde mich nicht wundern, so schwül, wie es seit gestern Nachmittag war. Ich glaube, wenn wir nicht auf dem Wasser gewesen wären, hätten wir ganz schön gelitten.«

»Kann sein.« Deike setzte sich wieder und stocherte lustlos in ihren gebratenen Nudeln mit Hühnchen herum.

»Wusstest du, dass es auf Rügen einen Ort mit dem Namen Schabernack gibt? Der liegt ganz nah bei Dumsevitz.«

»Ich wohne in Streu. Was soll ich da wohl noch komisch finden?« Deike schob ihren Teller von sich und seufzte tief. »Mir ist nicht nach Schabernack zumute, ich mache mir wirklich Sorgen um Hannes. Drüben ist schon wieder alles dunkel.«

»So, so, du machst dir also Sorgen. Ich dachte, du findest ihn komisch«, neckte Natty.

»Darum geht es doch gar nicht. Erstens war er komisch, bis du gekommen bist, und zweitens habe ich eben auch mit komischen Vögeln Mitleid.« Sie war lauter geworden, als sie beabsichtigt hatte.

»Ist ja schon gut.«

»Entschuldigung«, murmelte sie kleinlaut.

»Ich verstehe dich ja. Ich habe heute auch ein paar Mal an den Anruf und den plötzlichen Aufbruch denken müssen.« Sie legte ihrer Schwester beruhigend die Hand auf den Arm. In der Ferne war ein erstes Grollen zu hören. »Aber Hannes ist ein großer Junge. Der wird mit seinen Problemen schon fertig. Und wenn er Hilfe braucht, wird er sich melden.«

»Das glaube ich kaum.« Deike schüttelte vehement den Kopf. »Männer bitten nicht um Hilfe. Und der schon gar nicht, glaube ich.« Sie brütete vor sich hin.

»Wer weiß, was da los ist? Womöglich hat er eine große Schwester, die ihm androht, zu ihm auf die Insel zu ziehen.« Es lag auf der Hand, dass Natty sie aufmuntern wollte. Ihre Augen blitzten voller Tatendrang.

»Ich finde das nicht lustig, Natty.«

»Also ganz ernst: Ich war heute unter anderem in Wiek und habe mir eine Klinik angesehen.«

Deike sah sie misstrauisch an und runzelte die Stirn.

»Nur von außen natürlich. Ich bin nicht reingegangen.« Sie blickte auf ihre ordentlich manikürten Hände. »Wahrscheinlich ist es verrückt, aber der Gedanke, hier zu leben, lässt mich einfach nicht mehr los.«

»Was soll daran verrückt sein? Guck mich an, ich lebe auch hier.«

»Für ein Jahr, falls du deine Meinung nicht änderst. Außerdem bist du doch verrückt.« Sie griente Deike liebevoll an.

»Danke vielmals! Ganz ehrlich, ich fände es toll, wenn du hierherziehen würdest. Ob ich dann trotzdem in einem Jahr oder später nach Ibiza gehe, muss ich jetzt noch nicht entscheiden.«

»Ich habe mal gelesen, dass Aussagen meistens nicht stimmen, die mit *ganz ehrlich* oder *ehrlich gesagt* anfangen.« Natty sah ihr direkt in die Augen. »Willst du wirklich, dass ich in deiner Nähe wohne? Ich meine, wir hatten auch schon ziemlich viel Krach miteinander. Du erinnerst dich?«

Deike erinnerte sich nur zu gut. Dass es zum Streit kam, war wohl kaum verwunderlich, wenn eine von zwei Schwestern immer die beliebte war. Christian war nicht das einzige männliche Wesen, an dem Deike Interesse, das aber leider nur Augen für Natty gehabt hatte. Das war längst nicht alles: Natty wusste schon als kleines Mädchen, was sie beruflich machen wollte, Deike konnte sich nicht entscheiden. Natty war gut in der Schule, Deike schlug sich so durch. Natty konnte die Eltern um den Finger wickeln und bekam, was sie wollte, Deike dagegen lief mit dem Kopf gegen die Wand, war unbequem und setzte eher selten ihre Wünsche durch. Wenn sie sich selbst gegenüber ganz aufrichtig war, hatte sie Natty mit jungen Jahren verlassen müssen, um sich endlich von deren Schatten zu befreien.

Ein Blitz flammte über den inzwischen tiefschwarzen Himmel. Deike sah für den Bruchteil einer Sekunde das grell beleuchtete Gesicht ihrer Schwester, das gleich wieder in dem gespenstischen Zwielicht des Wohnzimmers verschwand. Schon krachte ein Donner über sie herein und ließ sie zusammenfahren. Das Wetter da draußen passte hervorragend zur Stimmung im Haus.

»Also?« Natty hatte sie nicht aus den Augen gelassen und wartete noch immer auf eine Antwort.

»Alle Geschwister streiten doch mal, das ist ganz normal.« Deike sprach leise und schämte sich vor sich selbst, dass sie nicht ehrlich war. Andererseits musste sie doch keine Kindheitsaufarbeitung mit ihrer Schwester praktizieren, wenn sie wirklich wollte, dass Natty nach Rügen kam. Und das wollte sie aus ganzem Herzen. »Vor allem in dem Alter. Wir waren Kinder.«

»Noch schlimmer: Wir waren Teenager!«

Deike nickte. »Das ist allerdings schlimmer. Wir waren manchmal unausstehlich, glaube ich.«

Beide hingen eine Weile ihren Gedanken nach. Die Blitze zuckten in immer kürzeren Abständen über den Himmel, der Donner ertönte fast im selben Augenblick.

»Hatte ich dir eigentlich schon gesagt, dass ich ganz dringend demnächst nach Wiek muss?«, fragte Deike betont beiläufig.

»Nein, das hattest du noch nicht erwähnt. Ach, was willst du denn da?« Natty spielte das Spielchen mit.

»Och, nur mal gucken. Wiek soll ja eines der schönsten Dörfer der Insel sein, hast du das gewusst? Sogar der olle Fritz Reuter hat darüber mal etwas geschrieben, wenn ich mich nicht irre.«

»Du hast deine Hausaufgaben ordentlich gemacht, Schwesterchen. Na, wenn Fritz Reuter schon etwas über Wiek zu sagen hatte, dann sollten wir da unbedingt zusammen hinfahren.«

Nachdem das Gewitter sich verzogen hatte, setzte Regen ein, der die Luft reinigte. Deike hörte ihn hart auf die Terrasse trommeln, als sie in ihrem Bett lag. Allmählich wurde aus dem lauten Prasseln ein gleichmäßiges Rauschen, begleitet von dem hellen Perlen, das erklang, wenn einzelne Wassertropfen, an der Kante des Schilfdachs dick und rund geworden, schwer in eine Pfütze fielen.

Der Morgen war grau und dunstig. Wie es aussah, würde es noch mehr Regen geben. Sie beschlossen, zuerst der Klinik in Wiek einen Besuch abzustatten und dann einen ausgedehnten Einkaufsbummel zu unternehmen. Immerhin hatten sie noch keine Kreide für alberne kosmetische Anwendungen besorgt. Das musste sich ändern. Und Deike wollte unbedingt Schuhe kaufen.

»Auf dieser Insel brauchte ich schon so oft festes Schuhwerk wie vorher in meinem ganzen Leben nicht. Also werde ich mir ein Paar klobige Buschbrand-Austreter anschaffen.«

»Das klingt sehr attraktiv. Dann mal los!«

Sie entschieden sich für die Strecke über Bergen und Trent zur Wittower Fähre. Deike erzählte, dass sie diesen Weg an ihrem Ankunftstag fast vollständig gefahren sei, um dann festzustellen, dass es noch einen Ort Streu auf Rügen gab. Wenn sie jetzt darüber lachte, kam es ihr vor, als sei das eine Ewigkeit her.

»Also die Lage ist schon mal eins a«, stellte Deike fest, als sie das Auto abgestellt hatten und um das Klinikgebäude herumgingen.

»Ich hätte lieber einen Blick aufs Meer«, sagte Natty. Sie seufzte laut und vernehmlich.

»Bitte? Der Boddenblick ist doch ein Traum! Außerdem ist es nur ein Katzensprung bis hoch zum Kap.«

»Das war ein Scherz. Die Lage ist die absolute Wucht.«

Deike hakte sich schwungvoll bei ihr unter. »Komm, lass uns reingehen!«

Auch von innen machte die Einrichtung einen guten Eindruck. Es gab mehrere Abteilungen, die Orthopädie schien dabei einen bedeutenden Platz einzunehmen. Sie blieben vor einem großen Schild stehen, auf dem zu lesen war, welcher Arzt wo und in welchem Bereich tätig war.

»Sieh mal: Physiotherapie dritter Stock.«

»Von da hat man bestimmt einen traumhaften Blick über den Bodden. Da kommt doch kein Mensch zum Arbeiten.«

»Ich fürchte, auch die schönste Aussicht wird irgendwann Alltag und du hast keinen Sinn mehr dafür«, stellte Deike nüchtern fest. »Lass uns mal ein Auge riskieren. Da ist der Fahrstuhl.«

»Wir können doch nicht einfach in der Klinik herumlaufen. Wir haben hier nichts zu suchen.«

»Wieso? Das ist ein öffentliches Gebäude. Je länger wir blöd in der Gegend herumstehen, desto mehr fallen wir unangenehm auf. Komm schon!«

»Na gut. Aber den Fahrstuhl verweigere ich. Da ist das Treppenhaus.«

»Super! Und das vor dem Kauf meiner Wanderschuhe.«

»Wir wollen nicht den Mount Everest besteigen, wir wollen nur in den dritten Stock laufen.«

»Ist ja schon gut, ich hatte mir sowieso vorgenommen, mehr Sport zu treiben.«

»Mehr Sport? Machst du denn überhaupt etwas?«

Das war noch so eine Sache, in der Natty besser war als sie.

»Nein, ich bekenne mich schuldig, zurzeit komme ich einfach nicht dazu.« Sie erntete einen strengen Blick. »Okay, ich war zu faul. Bist du jetzt zufrieden?«

»Ich bin zufrieden, wenn du dich regelmäßig bewegst. Das tut dir nämlich sehr gut.«

»Es ist großartig, eine Knochentherapeutin als Schwester zu haben«, sagte Deike japsend.

Im dritten Stock sah es so hell und freundlich aus wie im Foyer. Aquarellbilder in sonnigen Tönen zierten die Wände. Es gab verschiedene Behandlungsräume und Patientenzimmer. *Leitung Physiotherapie* stand auf einem Schild neben einer Tür, hinter der sich ein geräumiges Büro verbarg. Vom Flur aus konnte man durch ein breites Fenster hineinsehen.

»Die da drinnen sieht nicht gerade übermäßig beschäftigt

aus«, meinte Deike. »Geh doch mal rein und frage, ob es zufällig Personalengpässe gibt.« Sie zwinkerte ihr verschwörerisch zu.

»Nein, Deike, das ist keine gute Idee. Ich müsste erst anrufen und einen Termin ausmachen.«

»Warum denn? Du bist halt gerade in der Gegend und willst dir einen Eindruck von der Klinik verschaffen. Das stimmt doch sogar.«

Natty wirkte noch immer unentschlossen. So selbstbewusst und direkt sie sonst auch war, so unsicher wurde sie, wenn es darum ging, sich und ihre Fähigkeiten anzupreisen.

»Gib dir einen Ruck!«

»Ich weiß wirklich nicht ...« Natty hatte ihr langes Haar zu einem Knoten gesteckt und strich sich jetzt eine Strähne, die sich gelöst hatte, hinter das Ohr.

Nun wurde es Deike aber zu dumm. Sie klopfte an die Tür und machte rasch einen Schritt zur Seite, so dass sie durch das Fenster nicht zu sehen war.

»Bist du irre?«, zischte Natty.

»Du hast gestern so etwas behauptet«, flüsterte Deike und verschwand um die Ecke. Sie konnte gerade noch hören, dass Natty die Tür öffnete und höflich »Guten Tag«, sagte.

Deike schlenderte den Flur entlang. An dessen Ende stand eine kleine Sitzgruppe unter einem Fenster, in einem Ständer lagen Zeitschriften. Dort würde sie sich niederlassen. Ein älterer Mann in Trainingsanzug kam aus einem der Zimmer und humpelte auf zwei Krücken an ihr vorbei. Bevor sie sich etwas zum Lesen aussuchte, ließ sie ihren Blick in die Ferne über das Wasser schweifen. Sie musste sich eingestehen, dass sie nicht die Wahrheit gesagt hatte. Diese Aussicht würde beim besten Willen niemals Alltag werden. Ein guter Platz zum Arbeiten und bestimmt auch ein guter Platz, um gesund zu werden.

Hübsche Parkanlagen rahmten das Klinikgebäude ein. Es gab jede Menge Sitzgelegenheiten zwischen Rosen und Rhododendronsträuchern. Sogar ein paar Liegen waren auf den Rasenflächen aufgestellt. Sie sah eine Frau, die einen Mann im Rollstuhl schob. Zwei Kinder tobten um eine Dame herum, die sich auf eine Krücke stützte und ihnen offenbar gerne zusah. Auf einem Kiesweg ging ein Pärchen entlang. Er hatte seinen Arm um ihre Taille gelegt. Deike stutzte. Ihr wurde flau im Magen, sie trat näher an das Fenster heran, so dass sie mit der Nase gegen das kalte Glas stieß. Das war doch ... Nein, unmöglich! Warum sollte es nicht möglich sein? Sie starrte gebannt auf die beiden Menschen, die sich dem Klinikum näherten. Kein Zweifel, das war Hannes in inniger Umarmung mit einer ziemlich blassen Frau. Nun gut, so innig sah das Ganze nicht aus, aber doch ziemlich liebevoll und ja wohl auch eindeutig. Sie spürte, wie sich Enttäuschung in ihr breitmachte. Er war natürlich nicht verpflichtet gewesen, ihr von einer Freundin zu erzählen. Aber er hätte es fairerweise tun können, fand sie. Ihr fiel wieder ein, dass er ihr einmal etwas hatte sagen wollen, aber von Natty unterbrochen wurde. Gut möglich, dass er vorgehabt hatte, ihr von seiner Freundin zu erzählen. Andererseits hatte er es nicht getan, als sie ihn auf dem Schiff angesprochen hatte. Er hatte gesagt, das habe sich erledigt.

Die Frau da unten war schlank, schon eher dünn. Ihr Gesicht wirkte, soweit Deike das von hier oben beurteilen konnte, etwas verkniffen. Nach einer potentiellen Patientin für Natty sah sie nicht aus. Sie bewegte sich ohne sichtbare Einschränkung, nicht einmal das kleinste Hinken war zu sehen. Deike versuchte sich zu erinnern, welche Abteilungen es außer der Orthopädie noch gab. Sie musste unbedingt noch mal einen Blick auf die Tafel im Foyer werfen. Die beiden blieben stehen. Der Himmel über ihnen war bedrohlich schwarz. Es würde nicht mehr lange dauern, bis wieder die ersten Tropfen fielen. Hannes legte der Frau, die zu Boden starrte, eine Hand unter das Kinn und hob sanft ihren Kopf. Gleich würde er sie küssen. Das fehlte Deike noch. Nein, das wollte sie nicht mit ansehen müssen. Wie paralysiert klebte ihr Blick dennoch an dem Paar. Sie schaffte es einfach nicht, sich abzuwenden. Nein, er küsste sie nicht. Er redete auf sie ein, nahm sie in den Arm und drückte sie eine ganze Weile an sich.

»Da steckst du ja!« Natty schickte sich an, den Flur entlangzukommen. Eilig ging Deike ihr entgegen. Sie wollte nicht, dass Natty Hannes mit der Frau sah. Dann mussten sie darüber reden, und dazu hatte sie überhaupt keine Lust.

Natty schloss sie in die Arme und erdrückte sie beinahe. »Bin ich froh, dass du mich ins kalte Wasser geschubst hast«, sprudelte sie los. »Vorhin hätte ich dich noch erschlagen können, aber das Gespräch war so nett, dass ich dir die gemeine Klopf-Attacke ganz schnell verziehen habe.«

»Da bin ich aber froh«, murmelte Deike dumpf. Sie löste sich sanft aus der Umarmung. »Und, hast du schon einen Vertrag?«

»Das nicht, aber die brauchen wirklich ständig Sport- und Physiotherapeuten, Krankengymnasten und Masseure!« Ihre Augen strahlten.

»Das hört sich doch gut an.« So recht wollte es Deike nicht gelingen, Begeisterung in die Stimme zu legen. Sie sah noch immer Hannes vor sich, wie er diese zerbrechliche Person zärtlich im Arm hielt.

Natty war so aufgekratzt, dass sie Deikes Zurückhaltung gar nicht bemerkte.

»Ich habe natürlich keine Ahnung, was die bezahlen, wie

die Arbeitszeiten sind und so. Aber die Ausstattung scheint topmodern zu sein, alles vom Feinsten.« Während sie das Gebäude verließen und zum Auto zurückgingen, redete sie unaufhörlich. Sie erzählte von speziellen Therapien, die man hier praktizierte. Deike hatte keinen Schimmer, was sich dahinter verbarg. Sie war nur froh, dass sie nicht zu reden brauchte, sah sich ständig nach Hannes um, in der Hoffnung, ihm nicht über den Weg zu laufen, und sagte nur ab und zu: »Aha«, oder »Ist ja interessant.«

Kaum, dass sie im Auto saßen, klatschten die ersten Tropfen auf die Scheibe.

»So, Schwesterchen, jetzt bist du an der Reihe. Jetzt geht's zum Schuhkauf! Das ist genau das Richtige bei dem Wetter.«

9.

Sie steuerten Binz an, das ultimative Shopping-Zentrum der Insel, wenn Deike richtig informiert war. Ausprobiert hatte sie es bisher noch nicht. Und sie hatte auch jetzt keine Lust dazu. Aber sie wollte Natty, die sich freute, als hätte sie soeben den besten Arbeitsvertrag ihres Lebens unterzeichnet, nicht enttäuschen. Außerdem brauchte man keine Einkaufslust, um unförmige doofe Schuhe zu kaufen. Das war ja wohl eher eine Pflichtübung. Sie schüttelten den großen Schirm aus, unter dem sie sich aneinandergedrängt hatten, und betraten den ersten Laden.

Deike sah sich ohne rechtes Interesse um. Am liebsten hätte sie Natty vorgeschlagen, irgendwo einen Kaffee mit ganz viel Milchschaum und irgendeinem fiesen Sirup zu trinken, der das Kaffeearoma mit unvorstellbarer Süße übertünchte. Genau danach war ihr zumute. Doch dann sah sie sie! Sie standen auf einer Präsentationsfläche der neuen Kollektion: knallrot, halboffen, glänzendes edles Leder, gewagt hohe Absätze.

Natty näherte sich der Abteilung mit den Wanderschuhen. »Hier, ich habe sie gefunden«, rief sie.

»Ich auch«, rief Deike zurück und bekam kurzfristig wieder gute Laune. Sie nahm ein Exemplar in die Hand und prüfte die Größe. Wenn Hannes sie in diesen rassigen Dingern sehen würde, dann täte es ihm aber leid, mit so einem blassen Klappergestell liiert zu sein.

»Findest du, die sehen nach Wanderschuhen aus?« Natty starrte fassungslos auf die hohen Hacken.

»Wanderschuhe kaufe ich mir nächstes Mal. Du musst zugeben, solche Prachtexemplare findet man nicht oft, und ich muss mir doch mal etwas Schönes gönnen.« Schon schlüpfte sie in den ersten Schuh.

Natty spielte mit dem Ende ihres Zopfs. Sie zog missbilligend die Brauen hoch. »Wenn du meine Meinung hören willst: Mit den Dingern stöckelst du geradewegs in die Klinik in Wiek. Guck doch mal, wie deine Zehen gequetscht werden!« Sie schüttelte den Kopf.

»Ich habe es mir gerade überlegt: Deine Meinung will ich gar nicht hören.«

Natty versuchte noch einmal, auf ihre Schwester einzuwirken, aber Deike war nicht mehr zu bremsen.

»Die sind total bequem. Das kannst du dir nicht vorstellen.«

»Stimmt, kann ich nicht.«

»Gekauft!«

»Ich fasse es nicht. Und was ist mit bequemen sportlichen …?«

»Nächstes Mal.«

Solange der Regen gleichmäßig niederprasselte, stürmten sie

eine Boutique nach der anderen. Natty kaufte einen Rock, den Deike auf dem Bügel keines Blickes gewürdigt hätte. An ihrer Schwester sah er toll aus. Wie machte sie das bloß? Da die rassigroten Schuhe mehr als eine Kleinigkeit gekostet hatten, brauchte sie sich darüber jetzt keine weiteren Gedanken zu machen, denn ihr Budget für diesen Einkaufsbummel war erschöpft.

Endlich riss der Himmel auf, erste Sonnenstrahlen kämpften sich durch die Wolken, und es war wieder trocken. Sie schlenderten durch die Fußgängerzone, kauften sich ihre Kreidepackung und malten sich aus, wie viel Spaß sie damit haben würden. An einem kleinen Platz, wo die Fußgängerzone auf die Strandpromenade traf, sahen sie einem Mann zu, der sich als lebende Statue zur Schau stellte. Er trug einen goldenen hoffnungslos zerknitterten Anzug und einen ebenfalls goldenen Hut, der einmal zum Ölzeug eines alten Fischers gehört haben mochte. Der Mann stand auf einem kleinen Podest, auf dem er ein Steuerrad und allerlei Figuren, vor allem Fische, einen Hummer und ein ganzes Fischernetz befestigt hatte. Warf jemand Geld in seinen Gummistiefel, den er vor dem Podest platziert hatte, erwachte er zum Leben und versetzte mit Händen und Füßen einige der Figuren in Bewegung. Die Glöckchen und Schellen, die an seinen Fingern, Hand- und Fußgelenken festgeknotet waren, erzeugten dabei helle klirrende Geräusche.

Deike ließ sich von ihm endgültig ablenken. Wie viele andere, Touristen mit viel Zeit und auch Einheimische mitten in ihren Erledigungen, stand sie gebannt da und musterte den drolligen Kauz, damit ihr kein Detail entging. Vor allem Kinder konnten sich seinem Zauber nicht entziehen. Ein kleines Mädchen stand mit offenem Mund vor ihm und sah an ihm hoch. Das Eis in ihrer Hand hatte sie völlig vergessen. Sie bemerkte nicht einmal, wie es schmolz und ihr über die Finger lief.

Natty schien das kleine Mädchen mit den klebrigen Händchen ebenfalls beobachtet zu haben. »Ein dicker fetter Eisbecher wäre jetzt genau richtig. Was meinst du?«

Deike strahlte ihre Schwester an. »Ist das eine Fangfrage? Für einen Eisbecher kannst du mich nachts wecken.«

»Wie gut, dass es Dinge gibt, die sich nie ändern.«

Sie rissen sich von dem Anblick der lebenden Statue los und gingen zurück in die Fußgängerzone.

»Guck mal, da ist Hannes!«

Deike war wie vom Donner gerührt. Es gelang ihr gerade noch, sich eine Bemerkung darüber zu verkneifen, dass sie ihn an diesem Tag schon einmal gesehen hatte. Ihre Schwester im Zaum zu halten, bevor diese zu winken und zu rufen begann, schaffte sie allerdings nicht mehr. Schon hatte er sie entdeckt und kam auf sie zu.

»Hallo! Wie ich sehe, seid ihr gerade dabei, ein paar Frauenklischees zu erfüllen.« Hannes deutete auf ihre Tüten, die verrieten, wo die beiden Geld ausgegeben hatten.

»Es hätte schlimmer kommen können. Ein Paar Schuhe und ein Rock, das ist eher schlapp für zwei Frauen«, konterte Natty gutgelaunt. »Ist bei dir wieder alles im Lot?«

»Ja, danke.« Er sah unbestreitbar weniger bekümmert aus als noch am Morgen im Klinik-Park. Von Sonntag ganz zu schweigen. Trotzdem wollte er anscheinend nicht über das Thema reden. »Was habt ihr jetzt noch vor?«, fragte er schnell.

Deike wollte Natty in die Seite hauen. Heute war ja wohl Schwestern-Tag, da brauchten sie keinen männlichen Begleiter, aber wieder war es zu spät.

»Wir wollen jetzt einen Eisbecher schlemmen gehen. Einkaufen ist anstrengend, wir brauchen dringend eine Stärkung. Hast du Lust mitzukommen?«

»Du musst doch sicher arbeiten«, warf Deike ein.

»Ja, ich habe gleich einen Termin hier in Binz.« Er sah auf die Uhr. »Das heißt, ich bin früh dran. Und ich habe heute noch nicht viel gegessen. Also, wenn ihr wirklich nichts dagegen habt …« Er sah Deike an. Sie schlug die Augen nieder.

»Quatsch, wir freuen uns. Stimmt's, Schwesterchen?« Ohne eine Antwort abzuwarten, machten Hannes und Natty sich auf den Weg. Er bestimmte die Richtung.

»Klar, das ist super«, sagte Deike leise und schlurfte mit hängenden Schultern hinter ihnen her. »Wollten wir nicht an der Strandpromenade …?« Es war ein kläglicher Versuch. Die beiden hörten ihr ohnehin nicht zu, denn Natty berichtete bereits ausführlich von Deikes Schuhkauf. Als ob ihn das etwas anginge. In dem Moment wünschte sie sich, sie hätte sich doch für nützliche Wanderstiefel entschieden.

»Wo gehen wir überhaupt hin?«, wollte sie wissen.

»Am Schmachter See gibt es ein nettes kleines Café. Die haben richtig gutes Eis.« Hannes sah ihr direkt in die Augen.

Ihr kam kurz in den Sinn, ihn auf die Frau aus der Klinik anzusprechen, aber dann fehlte ihr doch der Mut.

»Außerdem ist es da total schön, für Binzer Verhältnisse ruhig und sehr idyllisch.«

»Ein weiterer Kraftort?« Deike wollte ihm eigentlich gar nicht das Gefühl geben, sie nehme ihn nicht ernst. Es war ihr einfach in einem ziemlich überheblichen Ton rausgerutscht. Egal, sollte er doch von ihr denken, was er wollte. Und der drohende Blick von Natty interessierte sie auch nicht.

Er ignorierte ihre Spitze. »Nein, es ist nur eine richtig schöne Ecke, das ist alles.«

Sie erreichten am Ende einer schmalen Gasse den See.

»Du hast nicht zu viel versprochen«, schwärmte Natty augenblicklich. »Erstaunlich, dass hier nicht viel mehr Spaziergänger unterwegs sind.«

»Hier kann man eben keine Schuhe kaufen.«

»Aber besonders viele Männer sind hier auch nicht«, warf Deike ein.

Er lachte. »Die sind alle beim Roland. Der Bahnhof ist nicht weit von hier.«

»Ja, Männer scheinen diese alte Dampfeisenbahn zu lieben.«

Sie bummelten an zwei Bronzeskulpturen vorbei. Eine spielte die Laute, die andere saß ihr zu Füßen und hörte der Musik zu. Ein Steg führte ein Stück auf den See hinaus. Es war in der Tat ein zauberhaftes Plätzchen. Der See glitzerte, Schilfhalme wiegten sich im Wind, Wolken malten dramatische Schatten auf das Wasser.

»Bei Sonnenuntergang muss es hier schön sein. Ich meine, besonders schön«, sagte Deike.

Hannes nickte und wirkte ganz entspannt. Sogar das Grübchen am Kinn ließ sich wieder sehen. »Ich zeige euch noch etwas, das Männer lieben«, verkündete er mit einem gefährlich verschmitzten Ausdruck in seinem Gesicht.

»Was das wohl sein mag?« Natty machte große Augen wie ein Kind, dem man gerade ein aufwändig verpacktes Geschenk in die Hand gedrückt hatte.

Die Überraschung verbarg sich hinter hohen Hecken. Zuerst dachte Deike, es handle sich um einen Kinderspielplatz, denn es gab verschiedene Gebilde auf feinem Sand, die auf den ersten Blick aussahen, als sollten sie zum Klettern einladen. Dann entdeckte sie jedoch mehrere Schaufelräder und Metallspiralen, die alle Wasser transportieren konnten. Und da schien auch ein Brunnen zu stehen.

»Hübsch«, sagte Natty. »Aber einen Männertraum habe ich mir anders vorgestellt.«

»Ach ja, wie denn?« Hannes machte einen Schritt auf eine undefinierbare Metallplatte zu, an der eine Haltestange montiert war. Ein merkwürdiges Konstrukt.

»Ich weiß nicht«, sagte sie leichthin. »Irgendwie spektakulärer.«

Deike bemerkte einen kleinen Jungen, der kräftig an einem Eisenrad drehte und damit eines der Schaufelräder in Bewegung setzte.

»Andererseits: Männer sind Spielkinder«, meinte Deike wenig begeistert. Sie schlenderte langsam in Richtung des kleinen Jungen.

»Stimmt genau«, rief Hannes, stieg auf das Metallbrett und begann es kraftvoll zu treten. Sie blieb neben dem Brunnen stehen und sah ihm verständnislos zu. Es quietschte fürchterlich, während die Platte wie eine Schaukel auf und ab wippte.

Natty, die ein gutes Stück entfernt stand, begriff, was Hannes mit seinem immer stärker werdenden Treten bezweckte.

»Vorsicht!«, schrie sie, aber es war schon zu spät. Aus dem vermeintlichen Brunnen neben Deike schoss eine Fontäne in die Höhe und fiel in dicken Tropfen auf sie herab. Sie erschrak und machte instinktiv einen Schritt zur Seite. Da Hannes, aus voller Kehle lachend, weiter trampelte, schoss auch schon der nächste Wasserschwall hoch in die Luft. Dieses Mal erwischte sie nur noch feiner Sprühnebel. Deike brachte sich vollständig in Sicherheit. Das Wasser lief in Rinnsalen aus ihren Haaren, die vermutlich platt an ihrem Schädel klebten. Hannes hatte zu treten aufgehört, entweder weil sein Opfer nicht mehr zu erreichen, oder weil er vor Lachen schon ganz kraftlos war. Auch Natty schüttete sich aus und konnte sich kaum wieder beruhigen.

»So etwas lieben Männer also?«, fauchte Deike wütend. »Wie kann man bloß so kindisch sein? Soll ich mich jetzt vielleicht klatschnass in ein Café setzen?«

»Nein, das wäre keine gute Idee.« Hannes musste schon wieder lachen. »Sonst ruinierst du noch die Polsterbezüge«, brachte er gerade noch hervor.

»Das hast du dir ja toll ausgedacht. Ich bin aus dem Verkehr gezogen, und du kannst mit Natty alleine ein Eis essen gehen.«

»Wie bitte?« Ihm verging das Lachen. »Das ist doch Unsinn. Wir setzen uns nach draußen. Das trocknet ganz schnell bei diesem Wetter.« Leise fügte er hinzu: »Hätte ich gewusst, dass du so empfindlich bist, hätte ich mir das gespart.«

»Meine Güte, es ist doch nur Wasser.« Natty hatte gut reden, sie hatte ja auch nichts abbekommen. »Du bist doch sonst kein Spielverderber.«

Na toll, jetzt stand Deike also als Spaßbremse da, und die beiden konnten prima über sie lästern.

»Es ist ja nur wegen der Schuhe«, verteidigte sie sich halbherzig und hob wie zum Beweis die Papiertüte mit ihrer Errungenschaft darin hoch. »Ich habe ein kleines Vermögen dafür hingelegt und lege keinen Wert darauf, dass sie schon vor dem ersten Tragen Wasserflecken haben.«

Allein in der Toilette des Cafés ärgerte sie sich über ihren Ausbruch. Ihre Haare waren fast wieder trocken und mit zwei Handgriffen in Form gebracht. Es gab überhaupt keinen Grund, derartig aus der Haut zu fahren. Mist! Wahrscheinlich erzählte Natty Hannes gerade, dass sie schon immer eine Zicke gewesen sei, die bei jeder Kleinigkeit bockig reagierte. Sie versuchte sich einzureden, dass es keine Rolle spielte, was dieser geistesschlichte Typ von ihr hielt. Nur leider fehlte ihr diesbezüglich jedes Überzeugungstalent. Weder war er ein kindischer Dummkopf, noch war es ihr gleichgültig, ob er sie mochte oder nicht. Daran konnte auch die Tatsache, dass er bereits vergeben war, nichts ändern. Er war ein intelligenter Mann, mit dem man Spaß haben konnte, er sah gut aus, war unternehmungslustig und wohnte direkt nebenan. Mit anderen Worten: Er war Mr Right. Und sie war Miss Doofnuss. Jedenfalls in seinen Augen.

Deike verspürte den dringenden Wunsch, durch das Toilettenfenster zu fliehen und den beiden erst einmal aus dem Weg zu gehen. Wäre Natty nicht hier, wäre das alles nicht passiert. Sie hätte ihn nicht mit der Frau gesehen, nicht in der Fußgängerzone getroffen. Und wenn, dann hätte sie ihn abgewimmelt. Und falls sie sich doch auf Eisessen mit ihm eingelassen hätte, dann wäre er es wenigstens allein gewesen, der sich in dem kleinen Wasserpark über sie amüsiert hätte. Da wäre niemand gewesen, mit dem er sich auch noch gegen sie hätte verbünden können. Wahrscheinlich hätte sie sogar mit ihm lachen können, dachte sie. Aber vor Natty hatte sie sich wieder einmal bloßgestellt gefühlt. Ob es eine gute Idee war, wenn sie hier eine Stelle annahm? Deike schämte sich bei diesem Gedanken und fühlte sich gleich noch ein bisschen schlechter.

10.

Am nächsten Tag unternahmen Deike und Natty einen Ausflug nach Hiddensee. Die Fähre brauchte nur eine Dreiviertelstunde, um die beiden auf das kleine autofreie Eiland zu bringen, das der Westküste Rügens vorgelagert war. Natürlich musste Deike während der Überfahrt noch öfter an Hannes denken als in den letzten Tagen ohnehin schon. Ihre Laune hatte sich nicht mehr so recht erholt, seit sie ihn im Park der Klinik gesehen hatte. Sie wollte allein sein, ihre vier Wände wieder für sich haben. Natürlich wusste sie, dass es unfair war, aber sie würde sich trotzdem am kommenden Tag für ein paar Stunden davonstehlen und arbeiten, obwohl es Nattys letzter Tag war.

Sie liefen von Kloster nach Norden in Richtung des Vogelschutzgebiets *Toter Kerl*, wo einst der Friedhof gefährlicher wilder Männer gelegen haben sollte, und von dort zu dem pieksauberen weißen Leuchtturm. Welch ein hübscher Kontrast vor dem blauen Himmel! Die Stufen hinauf waren glücklicherweise nicht so zahlreich, wie Deike befürchtet hatte, die kurze Anstrengung wurde mit einem phantastischen Ausblick bis herüber nach Rügen belohnt. Zwischen Sanddornbüschen und Dünengras spazierten sie anschließend zurück nach Kloster und kehrten im Gerhart-Hauptmann-Haus ein. Neben Arbeits-, Bade- und Schlafzimmer beeindruckte sie vor allem der Weinkeller, der zu Lebzeiten des Schriftstellers gewiss immer üppig gefüllt gewesen war. Nach der Besichtigung blieb ihnen noch genug Zeit, um nach Vitte zu laufen. Dort, im größten Ort der Insel, nahmen sie die Fähre zurück. Sie waren beide recht schweigsam. Auch jetzt auf dem kleinen Schiffchen vergrub Natty ihre Nase in ihren Reiseführer, während Deike aufs Meer schaute.

»Schade, dass wir keinen Abstecher nach Neuendorf geschafft haben«, sagte Natty einmal, ohne von ihrem Buch aufzusehen. »Da soll es ganz viele weiß getünchte Reetdachhäuser geben, die allesamt unter Denkmalschutz stehen. Man kommt sich vor, als würde man Hunderte von Jahren in die Vergangenheit reisen, wenn man das ruhige Fischerdorf besucht, steht hier.«

»An einem Tag kann man nun einmal keine komplette Insel besichtigen, selbst wenn sie so klein ist wie Hiddensee.«

Deike dachte, dass sie noch mal herkommen konnten, womöglich, wenn Natty auf Rügen wohnte. Sie war sicher, ihre Schwester hatte den gleichen Gedanken, aber keine von beiden sprach ihn aus.

Nachdem es in der Nacht beinahe ununterbrochen gegossen hatte, zeigte sich Nattys letzter Urlaubstag von seiner strahlendsten Seite. Es war warm genug, um auf eine Jacke zu verzichten, aber nicht so heiß, dass man sich vor der Sonne verkriechen wollte. Ein laues Lüftchen wehte, und die Luft war wunderbar frisch und klar. Es war ein Jammer, nicht noch einen Ausflug zusammen zu machen. Immerhin gab es noch so unendlich viel zu entdecken. Von Rügens Westen hatte Natty kaum etwas zu sehen bekommen. Dabei lohnte sich bestimmt ein Besuch in Gingst, das viele für den schönsten Ort überhaupt hielten. Der Park, in dem man Miniaturen von berühmten Gebäuden bewundern konnte, lockte Deike nicht, aber die berühmten Historischen Handwerkerstuben hätten ihnen beiden sicher gut gefallen. Von Nordperd, jenem östlichsten Zipfel, den Hannes ihnen so ans Herz gelegt hatte, gar nicht zu reden. Auch dort waren sie nicht gewesen. Natty beklagte sich nicht. Sie wollte um den Bodden spazieren, während Deike im Büro war.

»Mach dir keine Gedanken, Schwesterchen, ich finde es schon toll, dass du dir überhaupt so viel Zeit für mich nehmen konntest. Damit habe ich gar nicht gerechnet«, meinte sie.

Aber Deike machte sich Gedanken. Sie erledigte in der Redaktion das Nötigste und fuhr schon nach knapp fünf Stunden zurück nach Hause.

Sie fand Natty auf der Terrasse, der Länge nach auf einem Liegestuhl ausgestreckt. Als sie Deike kommen hörte, hielt sie sich eine Hand über die Augen und blinzelte ihr gegen die Sonne entgegen.

»Du bist aber früh zurück. So ein Pech, du hast um ein paar Sekunden Hannes verpasst. Stell dir vor, der radelt meistens in der Mittagspause nach Hause, um hier zu essen.«

»Ja und?«

»Das sind immerhin fast dreißig Kilometer.« Natty pfiff durch die Zähne. »Sportliche Leistung! Weißt du, was der für ein Durchschnittstempo draufhaben muss?«

»Der hat ja auch ein Rennrad.«

»Trampeln muss er trotzdem selber.«

»Was wollte er überhaupt?«

»Er möchte uns heute Abend zum Essen einladen.« Natty spitzte die Lippen. »Es ist ihm nicht entgangen, dass du seine Bewässerungsaktion nicht lustig gefunden hast. Da will er wohl ein bisschen schön Wetter machen.«

»Ach, das ist doch längst vergessen«, sagte Deike beschämt. Ein wenig freute sie sich schon, dass ihm ihr Ärger offenbar nicht gleichgültig war. »Hast du ihm gesagt, dass es heute Abend nicht passt?«

»Nein, wieso sollte ich? Wir haben doch noch nichts vor, oder?« Natty schien ernsthaft zu überlegen.

»Es ist dein letzter Abend. Unser letzter Abend zum Quatschen und Albern und so. Ein Fremder stört da nur, finde ich.«

»So fremd ist er ja wirklich nicht mehr.« Natty sprang auf. »Außerdem ist bis heute Abend noch jede Menge Zeit zum Albern und Klönen. Das sagt ihr doch hier im Norden, oder?«

»Ja, das sagen wir.«

»Los, wir haben noch immer nicht die Heilkreide ausprobiert. Das machen wir jetzt.«

»Moment mal, was hast du ihm denn gesagt?«

»Wem, Hannes? Ich habe gesagt, dass das eine total nette

Idee ist, du dich bestimmt auch riesig freust und wir gegen acht Uhr startklar sind.«

»Klasse! Ich werde also nicht einmal gefragt?«

»Nö!« Natty grinste sie frech an, griff nach ihren Haaren und legte diese vor ihr Gesicht. Das hatte sie als kleines Mädchen immer gemacht, wenn sie etwas ausgefressen hatte. Dann hatte sie sich hinter ihrer Mähne versteckt, als könne man sie nicht sehen, wenn sie nichts sehen konnte.

Deike musste lachen. Ein warmes Gefühl machte sich in ihr breit. Sie hatte ihre Schwester einfach zu gern, wenn sie sie auch noch so oft verfluchte. »Na warte ... Also schön, schmieren wir uns gegenseitig mit Kreide ein. Du bist zuerst an der Reihe.«

»Auf der Seebrücke von Sellin ist Grillfest. Das machen die immer richtig gut. Die Atmosphäre ist schön, das Essen ist sowieso klasse, und man kann draußen sitzen.«

»Hört sich toll an.« Deike hatte noch Bauchschmerzen, so sehr hatte sie mit Natty an diesem Nachmittag im Badezimmer gelacht. Sie hatten sich Gespenstergesichter gemalt und zwischendurch schon befürchtet, sie würden die Pampe, die entstanden war, nachdem sie die Kreide mit Öl vermischt hatten, gar nicht mehr von der Haut bekommen. Seit Tagen fühlte sie sich das erste Mal wieder blendend und wollte dieses Wohlgefühl unbedingt auch Hannes zeigen.

Die Holztreppe hinunter zur Seebrücke war nach dem vielen Regen noch ein wenig rutschig. Hannes bemerkte das sofort und kehrte den Gentleman heraus. »Meine Damen«, sagte er und bot beiden einen Arm. Sie hakten sich unter und stolzierten an seiner Seite die Stufen hinab. Deike war heilfroh über den Halt, den er ihr gab, denn sie hatte natürlich die neuen Schuhe angezogen und musste sich noch sehr an die Höhe der Absätze gewöhnen. Außerdem genoss sie es, seine körperliche Nähe zu spüren. Sollte er doch zu einer anderen gehören – heute Abend war er mit ihr zusammen.

Vor den großen Sprossenfenstern, die fast die gesamte Front des Restaurants einnahmen, standen vier weiße Pavillonzelte. Die Seitenwände waren seitlich aufgerollt und mit goldenen Schleifen am Rahmen festgebunden. Von einem großen Grill, der unweit von einem der Zelte stand, zog bereits verführerischer Duft herüber. Es roch nach brutzelndem Fleisch, aber auch nach Rosmarin, Thymian und gerösteten Zwiebeln.

Deike schnupperte. »Mmh, das duftet herrlich. Ich kriege Hunger!«

Sie fanden Platz in der Nähe des Grills. Zwar ragte der Tisch ein wenig unter dem Zeltdach hervor, aber regnen würde es, das versprach der wolkenlose Himmel eindeutig, ohnehin nicht mehr. Hannes opferte sich und wählte den Platz ganz am Rand, so konnten Deike und Natty unter dem Dach sitzen und besser mit den anderen Gästen an der langen Tafel ins Gespräch kommen. Kellner mit bodenlangen weißen Schürzen eilten geschäftig umher, verteilten Brotkörbe und Soßenschälchen auf den Tischen und nahmen die Getränkebestellungen entgegen. Von irgendwoher wehte Klaviermusik zu ihnen herüber, die sich mit dem Rauschen der Wellen unter ihren Füßen zu einem faszinierenden Klangteppich vereinigte.

»Ich habe die Seebrücke zwar vom Schiff aus gesehen, aber ich freue mich trotzdem sehr, dass ich hier sogar noch einen Abend verbringen kann«, sagte Natty, als der Aperitif, Sekt mit Sanddornsirup, serviert wurde. Sie erhob ihr Glas. »Danke, Hannes, für diese tolle Idee! Danke, Schwesterchen, für deine Gastfreundschaft im Allgemeinen und die Kreidepackung im

Speziellen.« Sie kicherte, als hätte sie schon drei von diesen Getränken intus. »Es war eine wunderschöne Woche, und ich würde am liebsten hierbleiben. Ich will nicht zurück nach Bayern!« Ihr Blick war herzzerreißend, man konnte förmlich sehen, wie sie die Ohren hängen ließ.

»Du kommst doch bestimmt mal wieder«, tröstete Hannes. »Ich finde, darauf trinken wir.«

Auch Deike erhob ihr Glas. »Sehr gut, da bin ich dabei.«

Nach dem einen Sekt stieg sie sofort auf Wasser um. Sie wollte auf keinen Fall noch einmal abstürzen, wenn sie mit Hannes unterwegs war. Außerdem musste sie früh aus den Federn kommen. Nattys Zug ging schon um halb neun. An Ausschlafen war also nicht zu denken, wenn sie Frühstück machen und Proviant herrichten wollte.

Das Buffet war ausgezeichnet. Nicht nur Fleisch und Fisch kamen auf den Grill, sondern auch phantasievoll zusammengestellte Gemüsespieße. Es gab eine reichhaltige Auswahl an Salaten, Suppen und Brot, das mit den verschiedenen Soßen zum Eintunken allein schon gereicht hätte.

»Ich glaube, ich muss mich noch einmal auf den Weg zum Buffet machen«, ließ Hannes die Schwestern wissen. »Das Lamm sah so gut aus, das muss ich unbedingt probieren.« Er wollte gerade seinen Stuhl zurückschieben, um aufzustehen, als mit einem lauten Rauschen plötzlich Wasser vom Zeltdach schoss und ihn voll erwischte. Die anderen Gäste, die mit ihnen an dem langen Tisch saßen, erstarrten kurz in der Bewegung und sahen ihn an. Von irgendwoher kam ein Kellner gelaufen, der sich schon auf halbem Weg hundertmal entschuldigte. Hannes stand unbeweglich da. Ganz langsam zogen sich seine Lippen zu einem breiten Grinsen auseinander, während er im Zeitlupentempo den Kopf neigte, an sich heruntersah und sich dann über den klatschnassen Nacken fuhr. Dann brach er in schallendes Lachen aus. Deike, die schon geglaubt hatte, sie müsse platzen, stimmte befreit mit ein. Und auch Natty gluckste und kicherte.

»Ich bitte vielmals um Entschuldigung«, sagte der Kellner, ein junger Kerl, dessen Wangen vor Verlegenheit glühten, zum wiederholten Mal. »Da muss sich eine Wasserblase auf dem Dach gebildet haben. Ich bringe Ihnen sofort ein Handtuch.« Unbeholfen tänzelte er um Hannes herum. Der schüttelte sich wie ein Hund und strich dann das Haar aus der Stirn.

»Wie gut, dass mein Teller leer war«, stellte er fest, als er wieder zu Atem gekommen war. »Nicht auszudenken, wenn mein Lamm überschwemmt worden wäre!«

»Abgesoffenes Lamm an ertränkten Kartoffeln – mal etwas anderes«, feixte Deike.

Die anderen Gäste kümmerten sich wieder um sich. Diejenigen, die auch am Rand eines Pavillons saßen, beäugten die Dächer skeptisch. Die Kellnerin, die Deike bei deren erstem Besuch auf der Seebrücke den Dorsch serviert hatte, kam mit einem Handtuch herbei und tupfte Hannes fürsorglich den Nacken.

»Danke, das mache ich besser selbst.« Er nahm ihr das Frottiertuch aus der Hand, tupfte sich kurz ab und meinte dann: »Der Rest trocknet von allein. Ist ja nur Wasser!«

»Da hat der liebe Gott wohl deine hinterhältige Wasser-Marsch-Aktion von neulich bestraft, was?« Deike fing schon wieder an zu lachen. »Das geschieht dir recht.« Sie musste sich eingestehen, dass er mit der Situation ausgesprochen humorvoll umging. Außerdem sah er auch noch blendend aus. Das leuchtend blaue Leinenhemd, das ihm ohnehin sehr gut stand, klebte ihm jetzt am Körper, was sie ziemlich sexy fand.

»Tja, kleine Sünden bestraft der liebe Gott eben zuverlässig.

Auf den Schreck muss ich erst recht ein halbes Lamm auf Toast verdrücken.«

Die Sonne war inzwischen untergegangen. Man hatte Lichterketten entzündet, die das komplette Restaurant einrahmten. Fackeln brannten, die Flammen vom Wind in ständiger Bewegung.

Es war eine einzigartige Atmosphäre. Die drei unterhielten sich prächtig. Deike wollte beim besten Willen nicht in den Kopf, dass sie mit Hannes bis vor nicht einmal einer Woche nichts zu tun gehabt hatte, von lächerlichen Nachbarschaftsstreitereien über den Parkplatz oder zu laute Musik einmal abgesehen. Wie passte sein kleinliches Spießer-Verhalten zu dem aufgeschlossenen äußerst lebendigen Mann, der er doch zu sein schien? Mit der Frage war sie komplett überfordert.

»Du hast Kreide im Ohr«, sagte er gerade zu Natty.

»Ehrlich? Zeig mal her!« Deike freute sich, dass nach ihrer und Hannes' Blamage endlich auch Natty Grund zur Heiterkeit sein könnte.

Natty drehte ihr den Kopf zu, da wurde es dunkel. Alle Lichter im Restaurant wurden gelöscht, nur die Lichterketten brannten noch und zeichneten die Formen der Türmchen und Bögen leuchtend weiß auf den schwarzen Nachthimmel.

»Das Feuerwerk fängt an. Lasst uns dort hinüber gehen, von da haben wir die beste Sicht.« Schon führte Hannes die beiden zur hölzernen Brüstung neben dem Restaurantgebäude.

»Habe ich wirklich Kreide im Ohr?« Natty drehte Deike das Profil zu und strich die Haare zurück.

»Wie soll ich denn in der Dunkelheit etwas sehen? Wir gehen nach dem Feuerwerk mal zur Toilette.«

Während Natty mit Zeigefinger und Daumen ihre Ohren nach einer verräterischen Kruste abtastete, spürte Deike plötzlich die Hand von Hannes auf ihrem Rücken. Sanft schob er sie ganz nach vorn an die Brüstung.

»Von hier hast du den schönsten Blick«, flüsterte er ihr zu, den Mund ganz dicht an ihrem Haar. »Das Feuerwerk spiegelt sich im Wasser. Das macht es so besonders.«

Ein Knall ertönte, und das Spektakel begann mit einem Blitz, der den Himmel leuchten ließ. Die Schläge der explodierenden Raketen und der Schwefelgeruch versetzten Deike in eine ganz eigene Stimmung, in die typische Silvesterstimmung. Wehmut über das Vergangene mischte sich mit Spannung und Vorfreude auf das Neue. So ging es ihr auch jetzt, als glitzernde Spiralen in den Himmel stiegen und sich in einem Sternenregen auflösten, rot-, grün- und gelbglühende Kugeln zerbarsten und anscheinend funkelndes Konfetti zur Erde segeln ließen. Die nächsten Feuerwerkskörper ließen strahlend weiße Palmen in den Himmel wachsen. Das Spiegelbild wurde von den Wellen augenblicklich verzerrt und schwamm wie moderne Kunst zu Deikes Füßen. Dazu der Salzgeruch des Meeres, der sich mit Vanille-, Frucht- und Schokoladenaromen mischte, Vorboten des Dessertbuffets, und die milde Luft, die ihr heute irgendwie weicher vorkam als sonst – das alles war so unwirklich. Sie spürte wieder Hannes' Hand auf ihrer Schulter. Wollte er sie auf etwas aufmerksam machen? Sie drehte sich um und stieß beinahe gegen ihn, so dicht stand er bei ihr. Er ließ nicht los, sondern seine Hand ihren Rücken hinabgleiten, bis sie auf ihrer Taille liegenblieb. Dabei sah er sie mit diesem sanften tiefen Blick an, der Deike auf der Stelle zum Schmelzen brachte. Sie sah das Feuerwerk, das sich in seinen Augen spiegelte.

Von hier habe ich den schönsten Blick, dachte sie. Sie hätte ihn liebend gern umarmt, ihn geküsst, sich an ihn gekuschelt. Doch sie lächelte ihn nur an und drehte sich wieder um.

Träumte sie das alles? Flirtete er plötzlich mit ihr und nicht mit Natty? Sie wollte sich keine Gedanken darüber machen.

Unvernünftig spät fuhren sie nach Hause. Deike scherte sich nicht darum, dass sie am nächsten Tag schrecklich müde sein würde. Sie hatte jede Minute genossen und wollte einfach nicht, dass der Abend überhaupt jemals endete. Zwar hatte Hannes sich auch weiterhin mit beiden unterhalten und auch mal mit anderen Gästen an dem langen Tisch geplaudert, aber sie hatte immer wieder das Gefühl gehabt, er suche ihren Blick. Oder hatte sie sich nur etwas eingebildet? Und wenn schon! Schön war es trotzdem.

Zuhause verabschiedete er sich ausgiebig von Natty, wünschte ihr eine gute Reise und ermunterte sie, bald wieder zu Besuch zu kommen. Deike wünschte er nur kurz eine gute Nacht. Aber wieder war da etwas in seinem Blick, das ihr weiche Knie bescherte.

»Ich habe überhaupt keine Lust, jetzt zu packen«, stöhnte Natty und streifte ihre Schuhe ab.

»Das kann ich mir vorstellen. Tja, wer nicht hören will ... Du konntest ja nicht genug kriegen von unserer Kreide-Orgie. Apropos, du hast da etwas Weißes am Ohr.« Sie kicherte.

»Von wegen, du hast mich extra dick eingeschmiert, deshalb hat das so lange gedauert.«

»Soll ich dir schnell beim Packen helfen?«

»Nein, ich glaube, alleine bin ich schneller.«

»Wie du willst, dann gehe ich schon mal schlafen.« Deike reckte sich demonstrativ.

»Igitt, bist du gemein!« Natty schlug spielerisch mit ihrem Seidenschal, den sie gerade abgenommen hatte, nach ihrer Schwester.

»Okay, dann bereite ich das Frühstück vor. Besser?« Deike sah auf die Uhr. Schon nach drei. Sie müsste eigentlich todmüde sein, fühlte sich aber beschwingt und hellwach. Eilig deckte sie den Tisch und füllte Kaffee und Wasser in die Maschine. Wenn der Wecker ging, würde sie sich nicht mehr so frisch fühlen, dann war jede Minute kostbar. Als sie fertig war, warf sie einen Blick in Nattys Zimmer, die gerade sämtliche Bücher und Zeitschriften verstaute, die sie ungelesen wieder nach Hause schleppen würde. Deike hätte schon ins Bad gehen können, aber sie wollte noch einen kurzen Moment diesen himmlischen Abend nachwirken lassen. Also ging sie hinaus auf die Terrasse und in den stockdunklen Garten. Wie still es war! Und noch immer mild.

»Hallo.«

Sie fuhr herum. Hannes stand auf seiner Terrasse, an die Hauswand gelehnt. Ob er noch ein Glas Wein trank oder einfach – wie sie – noch nicht ins Bett wollte?

»Hallo. Es ist schon ganz schön spät. Musst du morgen nicht arbeiten?« Na toll, sie klang wie ihre eigene Mutter.

»Doch, muss ich. Wie du auch, nehme ich an.«

»Ja.« Sie nickte. »Das war ein schöner Abend. Danke noch mal.« Vorsichtig tastend setzte sie einen Fuß vor den anderen zurück in Richtung Terrasse.

»Ja, es war schön.« Seine Stimme klang näher, als ob auch er sich auf sie zu bewegte. Hätte sie nur die Schuhe im Haus ausgezogen. So bequem, wie sie im Laden behauptet hatte, waren die doch nicht.

»Ist Natty schon im Bett?« Die Stimme war noch näher gekommen. Sie konnte ihn jetzt besser sehen. Wenn sie den Arm ausstreckte, würde sie ihn sogar berühren.

»Nein, sie packt noch ihre Sachen.«

»Und was fangen wir mit dem angebrochenen Abend an?« Er machte einen Schritt auf sie zu, griff nach ihrer Hand und zog sie in seine Richtung. Deike blieb mit einem Absatz in der weichen Erde stecken, stolperte und fiel ihm regelrecht in die Arme.

»Ja, daran hatte ich auch gedacht.« Er hielt sie sehr eng umschlungen, seine Hände strichen sanft an ihrer Wirbelsäule hinauf. Sie musste schlucken, bekam eine Gänsehaut vor Wohlbehagen und war sicher, dass er das durch den dünnen Stoff ihres kurzen Kleidchens spürte. Deike hob ihm das Gesicht entgegen und versuchte, seine Augen in der Dunkelheit zu erkennen. Ohne zu zögern, legte er sehr zart seinen Mund auf ihren und küsste sie. Himmel, waren das weiche Lippen! Er schmeckte nach einem Hauch von Minze. Sie verschränkte die Hände hinter seinem Nacken, ihre Zunge machte sich selbständig, spielte mit diesen köstlichen Lippen, und sie drückte sich noch ein wenig näher an ihn. Er stöhnte leise, ließ seine Hände auf ihre Taille gleiten. Eine wanderte von dort zu ihrem Po, die andere aufwärts, zwischen ihren Körpern, und blieb auf ihrer Brust liegen. Das entlockte auch Deike ein verräterisches Seufzen. Ihr Atem ging schneller, seine Küsse wurden wilder. Ihre Zungen trafen sich, umkreisten sich und schlugen spielerisch aneinander.

Da hörte Deike Geräusche von drinnen. Natty! Sie erstarrte und löste sich von ihm.

»Wenn ich dich bitte, noch mit zu mir zu kommen, sagst du heute Abend nein. Habe ich recht?« Sein Flüstern klang rau und atemlos.

»Nicht ganz«, antwortete sie leise. »Ich sage: Leider nein.«

Ein kaum hörbares Lachen, ein Kuss auf ihre Nasenspitze. »Gute Nacht.« Er verschwand in der Finsternis.

11.

»Mach's gut, Schwesterchen, pass auf dich auf!« Natty sah sie liebevoll an.

»Aber klar! Du auch, hörst du? Es war so schön, dass du hier warst. Komm bald wieder, ja?«

»Das mache ich, versprochen.« Sie drückten sich fest. Deike war ganz mulmig zumute. Sie wollte Natty nicht gehen lassen.

Die zwinkerte mit einem Mal verschwörerisch. »Du musst mir auch etwas versprechen.«

»Das wäre?«

»Schnapp ihn dir!«

»Was? Wen?«

»Na, Hannes, wen denn sonst?«

Deike spürte, wie sie rot wurde. »Bitte? Du hast doch die ganze Zeit mit ihm geflirtet. Und er mit dir. Was soll ich denn ...?«

»Quatsch, wir haben uns nur gut verstanden. Aber angeschmachtet hat er dich.«

»Blödsinn!« Ihr Herz machte einen Hüpfer. Andererseits wusste Natty nicht, was sie wusste. Wenn er sie gestern auch leidenschaftlich geküsst hatte – allein die Erinnerung verschaffte ihr schon wieder weiche Knie –, gab es da noch immer eine andere. Sie musste auf dem Teppich bleiben. Als sie bemerkte, dass ihre Schwester sie schmunzelnd beobachtete, sagte sie: »Er ist überhaupt erst in dem Moment so charmant und umgänglich geworden, in dem du aufgetaucht bist. Das sagt ja wohl alles.«

»Könnte das daran liegen, dass ich mit ihm nicht über Stellplätze und Rasenmähen gestritten habe? Nein, nein, kein Zweifel, bei dem Maibowlen-Fest hat er sehr eng und ausschließlich mit dir getanzt. Und glaube bloß nicht, dass ich das gestern nicht mitgekriegt habe!«

Deike glühte. Natty hatte sie also doch im Garten gesehen? »Wieso, was denn?«

»Auf der Seebrücke ... seine Hand auf deinem Rücken ...« Natty begann belustigt eine kleine Melodie zu pfeifen.

»Ach, das hatte doch nichts zu bedeuten.« Deike sah auf ihre Füße und lächelte ertappt.

»Es ist nicht zu übersehen, dass er dich mag. Als du mit diesem Silvio geflirtet hast, hat er quasi durch mich hindurchgesehen, um euch nur ja nicht aus den Augen zu lassen.«

Der Zug hielt quietschend am Gleis. Sie umarmten sich noch einmal.

»Ich wiederhole: Ran an den Kerl, Schwesterchen!«

»Mal sehen, was sich machen lässt. Und du kümmerst dich um die Stelle in Wiek, abgemacht?«

»Abgemacht!« Natty schlug ein. Dann musste sie sich beeilen, in den Zug zu kommen.

Trotz des deutlichen Schlafdefizits war Deike die Arbeit an diesem Tag leicht von der Hand gegangen. Sie strotzte geradezu vor Energie, hatte einige wirklich gute Ideen und erledigte den Routinekram, der ihr sonst mächtig auf die Nerven ging, mit links. Das bevorstehende Wochenende hob ihre Laune zusätzlich. Ebenso wie die Aussicht auf interessante Termine, die in der nächsten Woche auf sie warten würden. Die Eröffnung eines Yoga-Studios gehörte nicht gerade zu den Höhepunkten, könnte aber ganz lustig werden. Deutlich attraktiver war eine Einladung ins Theater. Sie durfte jemanden mitbringen! Natürlich würde sie Hannes fragen, ob er Lust hatte, sie zu begleiten. Sie hatte ein Kribbeln im Bauch bei diesem Gedanken.

Wie es wohl sein würde zwischen ihnen, jetzt, da Natty nicht mehr da war? Es gab keinen Grund mehr, nicht über Nacht bei ihm zu bleiben ... Doch, es gab einen Grund, einen sehr dünnen, blassen, bedeutenden Grund.

Sie fuhr auf den Parkplatz und ließ ihren Wagen mittig stehen, wie sie es in den letzten Tagen häufig getan hatte. Das ersparte ihr mehrfaches Rangieren. Ihre Tasche über dem Arm hüpfte sie die Stufen vor dem Haus hinauf.

Frau Duschel machte gerade ihre Runde mit dem Hund, der mal wieder genau vor dem Grundstück nach einer Toilette suchte. Und Herr Duschel ließ laut und vernehmlich die Säge kreisen. Ob die beiden wohl noch alt genug wurden, um die Holzmengen zu verbrennen, die er zu ofengerechten Stücken schnitt? Deike lächelte vor sich hin. Es war ihr egal. Weder der Hund noch der markerschütternde Lärm konnten sie aufregen.

»Hallo, Frollein. Wollen Sie nachher rüberkommen und meinen Rompott probeere?«

»Nein, danke«, rief Deike fröhlich und ließ die Duschel einfach stehen.

Radio und Fernsehen blieben ausgeschaltet. Deike durfte auf keinen Fall verpassen, wenn sich drüben etwas rührte. Und dann? Sollte sie bei Hannes klingeln? Nein, wies sie sich zurecht, er hat eine Freundin. Wenn er die betrügen wollte, sollte er gefälligst selbst den ersten Schritt machen. Sie schmierte sich eine Scheibe Brot und lief damit immer wieder zum Fenster.

Da war er! Mit seinem Rennrad bog er um die Ecke. Der Wind ließ sein Hemd flattern. Ihr fiel ein, dass er sich meistens auf die Terrasse setzte, wenn er eine längere Tour mit dem Rad hinter sich hatte. Das war die Gelegenheit! Sie lief zu ihrer Terrassentür, hörte ihn am Schuppen hantieren. Er stellte sein Fahrrad unter. Dann hörte sie, wie er sich einen Stuhl zurechtschob. Sie brauchte einen Grund, um auch hinauszugehen. Hätte sie am Morgen schon eine Maschine Wäsche angeschmissen, könnte sie die Sachen jetzt aufhängen, aber so? Klar, das war die Idee. Sie lief ins Bad, schnappte sich Nattys Handtuch und den Bezug ihres Kopfkissens, hielt beides unter den Wasserhahn und wrang die Sachen kräftig aus.

Auf dem Weg zurück zur Terrassentür sagte sie laut vor sich hin: »So, das kann schon mal auf die Leine!« Sie trat ins Freie, der Stoff in ihrer Hand tropfte ihr auf die Füße. »Oh, hallo!« Den überraschten Ausdruck in ihrer Stimme, als sie Hannes entdeckte, hatte sie erstklassig hinbekommen.

»Hallo.« Schweißperlen glitzerten auf seiner Stirn, die Wangen waren gerötet. »Wo ist denn Natty?«

Deike warf das Handtuch über die Leine und sah auf ihre Uhr. »Inzwischen dürfte sie zu Hause sein, nehme ich an.«

»Ach ja, sie ist ja abgereist.« Die Leichtigkeit vom Vorabend war ihm offenbar abhandengekommen, er wirkte bedrückt und ein bisschen durcheinander. Ob er wieder in der Klinik gewesen war? »Es ist bestimmt ungewohnt für dich, jetzt wieder allein im Haus zu sein.«

»Ja, stimmt.« Wie einfühlsam! Er hatte den Nagel auf den Kopf getroffen. Deike vermisste ihre Schwester jetzt schon und wartete auf ihren Anruf. Unentschlossen stand sie vor ihm, hinter ihr tropfte die ungewaschene Wäsche.

Er stand auf. »Ich muss duschen«, sagte er. Ob er erwartet hatte, dass sie ihn gegen die Einsamkeit einlud? War das ein Wink mit dem Zaunpfahl gewesen?

»Hast du Lust, nachher etwas mit mir zu trinken?« Sie sah ihn überrascht an, mit einer Aufforderung seinerseits hatte sie nicht gerechnet.

»Gerne! Wann?«

»Komm doch einfach auf die Terrasse, wenn du soweit bist.« Ein knappes Lächeln, weg war er.

Glücklicherweise rief Natty an, die Meldung über ihre sichere Ankunft zu Hause machte. Sonst wäre Deike womöglich gleich draußen geblieben, weil sie die Zeit mit ihm nicht abwarten konnte. Sie plauderten, als hätten sie sich wochenlang nicht gesehen. Von dem Kuss und der Verabredung für den Abend sagte sie nichts, obwohl ihre Schwester mit Anspielungen nicht sparte.

Als sie schließlich aufgelegt hatte, zupfte sie noch schnell ihre Haare zurecht und ging dann hinaus. Hannes trat auch gerade auf die Terrasse. Ob er dieses Mal gelauscht hatte, um sie abzupassen?

»Was hältst du von einem Merlot?«

»Gerne. Ich hole uns ein paar Nüsse.« Beide verschwanden wieder in ihren Wohnungen. Deike schüttete die Nüsse in eine kleine Keramikschale und kam wieder ins Freie, als er gerade Gläser und Flasche auf ihrem Gartentischchen abstellte. Sie setzten sich, die Stühle jeweils auf einer Seite des Tisches.

»Natty hat schon angerufen. Ich soll dir Grüße bestellen.«

»Dankeschön. Die Ärmste!«

»Wieso?«

»Na, sie ist jetzt wieder in Bayern.« Er zog eine Augenbraue hoch. »Zum Wohl.«

»Zum Wohl.« Sie stießen an, die Gläser klingelten hell.

»Gott sei Dank, der Duschel hat mit dem Sägen aufgehört«, stellte Deike fest.

»Der Mann ist die Pest. Du glaubst nicht, wie oft ich ihn schon gebeten habe, diesen Krach einzustellen. Vor allem, wenn ...« Er brach mitten im Satz ab.

»Ja, wenn man mal seine Ruhe haben will, könnte man zum Mörder werden«, beendete sie den Satz, obwohl sie ahnte, dass er etwas ganz anderes hatte sagen wollen.

»Du verstehst dich gut mit deiner Schwester«, sagte er unvermittelt.

Deike lachte auf. »Ach Gott, mal so, mal so.«

»Tatsächlich? Ich hatte den Eindruck, ihr seid ein Herz und eine Seele.«

»Wohl eher Feuer und Wasser.« Sie ließ den roten Wein in ihrem Glas kreisen. »Wir sind ziemlich verschieden. Natty ist … sie ist perfekt. Sie sieht klasse aus, wusste immer genau, was sie wollte, hat sich Ziele gesteckt und sie auch erreicht. Sie nimmt das Leben mit großer Gelassenheit, ich dagegen rege mich schon über Kleinigkeiten viel zu schnell auf.«

»So habe ich dich bisher gar nicht eingeschätzt.«

»Ganz so pingelig wie du bin ich vielleicht nicht«, neckte sie ihn. »Ich meine, mir wäre es egal, auf welcher Seite der Parkfläche mein Auto steht.«

Er holte hörbar Luft und zog eine Grimasse.

»Entschuldigung, war nicht so gemeint«, fügte sie hinzu.

»Du solltest froh sein, eine Schwester zu haben. Freunde kommen und gehen auch wieder. Aber Familie bleibt. Also, jedenfalls …« Er stockte. »Ich finde die Familie total wichtig.«

Nachdem sie einen Schluck Wein getrunken hatte, sprach sie weiter. »Weißt du, Natty war immer so etwas wie ein Vorbild für mich. Gleichzeitig habe ich darunter gelitten, dass sie so ungeheuer beliebt war, dass ihr alles gelang, was sie anpackte. Ich war immer eher tollpatschig, habe mir die falschen Klamotten gekauft, in denen ich dann ausgesehen habe wie Madonna auf Drogen.«

»Wie zum Beispiel idiotisch hohe rote Schuhe …«

Sie riss die Augen auf. »Habe ich mich damit lächerlich gemacht?«

»Nein! Nein, ganz ehrlich nicht.« Er warf ihr über den Rand seines Glases einen Blick zu, der ihr direkt in die Seele fuhr. »Im Gegenteil, du hast verdammt sexy ausgesehen mit diesen teuflischen Dingern und dem kurzen schwarzen Kleid.«

»Danke.« Am liebsten hätte sie sich augenblicklich auf seinen Schoß gesetzt und da weitergemacht, wo sie in der letzten Nacht hatten aufhören müssen.

Als hätte er ihre Gedanken erraten, rückte er mit seinem Stuhl ganz dicht neben ihren, so dass er eine Hand in ihren Nacken legen und die empfindliche Stelle, wo die Schulter in den Hals überging, streicheln konnte.

»Wo war ich gerade? Ach ja, jedenfalls kam ich mir neben meiner Schwester immer klein, hässlich und überflüssig vor. Das hat unser Verhältnis wohl belastet. Wir haben ziemlich viel gestritten. Um ehrlich zu sein, habe ich meistens den Streit gesucht. Ich hatte einfach nicht genug Selbstbewusstsein, um eine so tolle Schwester auszuhalten.«

Sein Finger hatte sich in ihr Haar gewühlt. Jetzt ließ er die Fingernägel federleicht über ihre Wirbelsäule abwärts gleiten.

Deike schloss die Augen. »Wenn du so weitermachst, kann ich für nichts garantieren«, flüsterte sie.

»Ich lass mich überraschen.« Seine Hand tauchte in den weiten Ausschnitt ihres Pullovers. Sie fühlte die Wärme auf ihrer Haut, spürte, wie seine Finger vom Verschluss ihres Bustiers zu den Rippenbögen strichen und sich dort ihren Weg unter die hauchfeine Spitze bahnten. Er beugte sich zu ihr herüber, seine Lippen berührten ihr Ohr.

»Fühlt sich gut an, sexy. Ob ich wohl noch zu sehen kriege, was sich meinen Fingerspitzen da so verführerisch präsentiert?« Eine Hand war nun komplett unter dem Bustier verschwunden und legte sich über ihre Brust. Deike war sich bewusst, dass ihre Brustwarze hart und aufrecht gegen seine Handfläche stieß.

»Kann es sein, dass du ziemlich erregt bist?« Seine Stimme war so rau wie gestern Nacht. Er wollte sie mindestens genauso wie sie ihn. Sie spürte seine Zungenspitze, die behutsam über ihr Ohr streifte.

Deike hielt es nicht länger aus. Sie drehte ihm das Gesicht zu und küsste ihn. Dieses Mal ließen sie die sanften zurückhaltenden Küsse aus und gewährten ihrer Lust gleich freien Lauf.

Sie streichelte über seinen Oberschenkel aufwärts. »Ich bin anscheinend nicht die Einzige, die hier erregt ist«, wisperte sie keuchend.

Als er in ihre Brustwarze kniff, schrie sie kurz auf.

Hannes zog seine Hand zurück und kraulte ihr den Rücken. Sie wollte ihm schon sagen, dass er ihren Schrei falsch verstanden hatte und ruhig weitermachen könne, da meinte er: »Es wird ein bisschen kühl. Wir sollten reingehen. Kommst du heute mit zu mir?« Bevor sie noch antworten konnte, ließ er wie zufällig eine Hand in ihren Schoß gleiten. Sie zog die Luft zwischen den Zähnen ein und öffnete die Oberschenkel ein winziges Stück.

»War das ein Ja?«

»Nicht ganz«, sagte sie und konnte an nichts anderes denken als an das, was seine Finger taten. »Das war ein: Ja, gerne!«

Es war das erste Mal, dass sie seine Wohnung betrat. Die Einrichtung war sparsam und zweckmäßig. Vielleicht hatte er sogar möbliert gemietet. Ein paar hübsche Fotos zierten die weißen Wände.

»Hast du die gemacht?«

»Ja. Noch etwas Wein?«

»Gerne.«

Er schenkte ihr nach und stellte die Flasche auf den gläsernen Couchtisch. Sofort war er wieder bei ihr und legte ihr einen Arm um. Sie tranken und küssten sich wieder. Er nahm ihr Glas, stellte beide beiseite und zog ihr den Pullover über den Kopf.

»Das ist allerdings sexy«, sagte er, als er das schwarze Spitzenbustier zu sehen bekam. Mit beiden Händen griff er nach ihrer Taille, zog sie zu sich heran und küsste den Ansatz ihrer Brüste. Sie atmete schwer und legte den Kopf in den Nacken. Hannes nahm die Einladung an und fuhr mit den Lippen ihren Hals hinauf. Er biss ihr sanft in die Schulter, während seine Finger den Knopf ihrer Jeans öffneten.

Deike konnte sich nicht erinnern, wann sie zum letzten Mal so erregt gewesen war. Sie wusste, dass sie verloren war, dass es kein Zurück mehr gab. Trotzdem nahm sie all ihre Kraft und das letzte bisschen Verstand zusammen und hielt seine Hände fest.

»Warte! Ich muss etwas wissen.«

Er zog die Stirn kraus und sah sie fragend an.

»Hast du eine Freundin?«

Es war ihm anzusehen, dass er aus allen Wolken fiel. Ertappt sah er keineswegs aus.

»Nein! Wie kommst du denn jetzt darauf?«

Deike forschte in seinen Augen. Da war kein schlechtes Gewissen, keine Lüge, nur pure Lust. Sie wollte ihm einfach glauben, wollte jetzt auf der Stelle mit ihm schlafen. Das war das Einzige, was zählte.

»Okay.« Mit einer flinken Bewegung zog sie ihm das Hemd über den Kopf.

12.

Am nächsten Morgen schliefen sie noch einmal miteinander. Deike nahm sich fest vor, ihn beim Frühstück auf das Mädchen im Park anzusprechen, traute sich dann aber doch nicht. Irgendwie kam sie sich wie eine Lügnerin und Betrügerin vor, weil sie bisher für sich behalten hatte, dass sie die beiden beobachtet hatte. Stattdessen fragte sie ihn nach seinen Plänen für das Wochenende.

»Ich mache keine Pläne, wenn ich nicht muss. Termine habe ich schließlich schon die ganze Woche über. Was ist mit dir? Hast du Lust auf einen Ausflug?«

Sie befürchtete schon, dass er ihr eine Radtour vorschlagen würde, trotzdem nickte sie begeistert.

»Gut, ich muss noch etwas erledigen und telefonieren. Treffen wir uns in einer Stunde? Es wäre gut, wenn du bequeme Schuhe anziehen würdest.« Sie wollte gestehen, dass sie keine wirklichen Wanderschuhe hatte, aber er sprach schon weiter: »Jedenfalls nicht gerade die roten. Wenn mein Freund Thomas da ist, fahren wir rüber nach Vilm.«

Unter der Dusche schloss sie die Augen und dachte an seinen Mund, seine Hände, seinen Körper. Ihr fiel auch ein, was er über Geschwister und Familie gesagt hatte. Wenn sie so darüber nachdachte … Das Verhältnis zu ihren Eltern war nicht schlecht, es war aber auch alles andere als intensiv. Natty war diejenige, mit der sie am meisten verband. Sie rubbelte die Haare trocken und schlüpfte in eine bequeme Hose und ein knappes Shirt. Was sie Hannes gesagt hatte, brachte es auf den Punkt: Sie hatte als Kind und als Teenager nicht genug Selbstbewusstsein besessen, um ihre tolle Schwester auszuhalten. Sie hatte Minderwertigkeitskomplexe gehabt. Natty hatte ihr nie einen Mann ausgespannt. Deike hatte es immer prima selbst hinbekommen, Interessenten in die Flucht zu schlagen, weil sie vor lauter Selbstzweifeln störrisch und unentspannt auf alles und jeden reagiert hatte. Genau wie neulich in Binz, als Hannes sich den Spaß gemacht hatte, sie mit der Fontäne nass zu spritzen. Wie blöd hatte sie sich da verhalten! Und zu allem Überfluss hatte sie wieder einmal Natty – zumindest zum Teil – die Schuld gegeben.

Ein schneller Blick auf die Uhr. Sie hatte noch Zeit.

»Meine liebe Deike«, sagte sie laut zu sich selbst. »In deinem Leben warst immer du das Problem, nicht Natty.« Ihre Schwester war einfach nur phantastisch und bewundernswert und wollte immer das Beste für sie. Es wäre großartig, wenn sie nach Rügen ziehen würde. Daran gab es keinen Zweifel mehr. Sie nahm sich vor, ihr genau das in einem langen Brief zu schreiben. Eine Schachtel von der Kreidepackung würde sie auch mitschicken, zur Erinnerung. Außerdem nahm sie sich vor, mehr aus sich zu machen und mehr für sich zu tun. Es mussten ja nicht gleich Dreißig-Kilometer-Radtouren sein oder die Verrenkungen, die Natty jeden Morgen machte. Auf jeden Fall würde sie ihr Leben gewaltig umkrempeln.

Von dem kleinen Hafen in Lauterbach fuhren sie mit einem Motorboot auf das nicht einmal einen Quadratkilometer große Eiland. Nur eine streng begrenzte Personenzahl durfte täglich herkommen, erklärte Hannes ihr.

»Plus Kollegen des wissenschaftlichen Leiters der dortigen Naturschutzakademie«, ergänzte er zwinkernd. Dieser Leiter, Thomas, sei ein langjähriger Freund von ihm. Alle paar Wochen fuhr Hannes zu ihm, um der Geschäftigkeit und dem Trubel auf Rügen zu entfliehen, oder Thomas besuchte seinerseits Hannes, um so etwas wie Sozialstrukturen oder auch Nachtleben nicht zu verlernen.

Thomas erwartete sie bereits an dem kleinen Anleger. Er war groß und schlank, hatte freundliche braune Augen und kastanienbraunes Haar, das in der Sonne rötlich schimmerte und sich wirr über den Kopf und das Kinn kringelte.

»Willkommen auf Vilm! Schön, dich kennenzulernen.« Er schüttelte Deike kurz die Hand. Hannes klopfte er auf die Schulter. »Na, mein Alter, alles im Lot?«

»Alles in Ordnung, ja.«

Sie streiften auf ausgewählten Wegen durch den Urwald, der hier, wie die Natur überhaupt, völlig sich selbst überlassen war. Deike war fasziniert von den knorrigen alten Bäumen, die aussahen wie versteinerte Märchenfiguren, die ihre dünnen Arme nach den Besuchern ausstreckten. Thomas erzählte, dass es Füchse und natürlich jede Menge Vögel unterschiedlichster Arten gab. Erst ungefähr dreitausend Jahre sei es her, dass Vilm sich von Rügen gelöst habe, erklärte er. Sie liefen ein Stück am Strand entlang und mussten hier und da über umgestürzte Baumstämme klettern. Dann streiften sie wieder durch hohes Gras, das noch nie einen Rasenmäher gesehen hatte. Nach beinahe vier Stunden – Deike fragte sich, wie man so lange über ein so kleines Stückchen Erde laufen konnte – erreichten sie ein Haus mit Schilfdach, das auf einer Kuppe stand. Es war sonnengelb gestrichen, hatte nach Süden auf gesamter Breite bodentiefe Fenster und eine umlaufende Veranda.

»Hereinspaziert!« Thomas öffnete die Tür und bedeutete ihnen mit einer ausladenden Geste einzutreten.

»Es ist unglaublich schön hier.« Deike stand am Fenster und sah über die Wiesen, auf denen gelbe und dunkelrote Blumen blühten.

Hannes umfasste sie von hinten und legte sein Kinn auf ihre Schulter. »Ja, Vilm ist unvergleichlich. Thomas hat Glück mit dieser Stelle und diesem Haus.«

Sie nickte. »Obwohl ... Auf Dauer wäre es mir hier zu einsam, glaube ich. Und wir haben es auf Rügen mit unserem Häuschen doch auch gut getroffen.«

Hannes hob den Kopf und sah sie von der Seite an. »Unser Häuschen ... Das klingt gut.«

Thomas brachte Brot und eine Platte mit verschiedenen Käsesorten. Dann holte er eine große Schüssel Salat aus der Küche, den er offenbar auf die Schnelle gezaubert hatte.

»Habt ihr Hunger?«

»Das ist eine Frage! Nach der Wanderung und so viel frischer Luft – wie könnte man da keinen Hunger haben?« An Deike gewandt, ergänzte er: »Thomas ist Vegetarier, aber man wird bei ihm trotzdem immer satt.«

Die beiden Männer unterhielten sich über ihre Arbeit und erzählten Deike von einigen Naturschutzprojekten, die sie schon gemeinsam auf die Beine gestellt hatten. Sie hörte ihnen gespannt zu und schämte sich, dass sie sich im Grunde für nichts Wichtiges engagierte. Selbst ihre Arbeit war so unnütz wie eine heruntergebrannte Kerze. Sie straffte den Rücken und atmete tief durch. Mit Hannes an ihrer Seite würde alles anders werden.

Der wollte gerade etwas sagen und sich gleichzeitig eine Gabel in den Mund schieben. Das konnte ja nicht gut gehen. Irgendetwas purzelte auf sein Hemd. Mit hängenden Schultern und großen jungenhaften Augen murmelte er: »Da war so ein rundes Kullerding.«

»Man nennt diese Kullerdinger Maiskörner«, stellte Thomas gelassen fest.

Deike ging das Herz auf. In dem Moment wurde ihr klar, dass sie ihn nicht nur mochte, süß fand, begehrte -- nein, sie wusste, dass sie sich in ihn verliebt hatte. Mit allen Konsequenzen.

13.

Sie verbrachten das ganze Wochenende zusammen. Deike schwebte auf Wolken. Es war ein Leichtes, die Zweifel, die sich hin und wieder wie kleine Zecken an ihr festsaugen wollten, abzuschütteln. Jeden Morgen wurden sie gemeinsam wach und brauchten meist eine ganze Weile, bis sie endlich aus dem Bett kamen. Selbst am Montag schliefen sie noch miteinander, bevor Hannes in Richtung Nationalpark radelte und Deike in die Redaktion fuhr. Am Nachmittag musste sie zur Eröffnung eines Yoga-Studios in einem kleinen Dorf im Nirgendwo zwischen Bergen und Ralswiek. Wer sollte sich bloß in diese Einöde verirren, um sich nach den Anweisungen eines langbärtigen Yusuf-alias-Cat-Stevens für Arme den Leib zu verrenken? Kein Wunder, dass die von vornherein scharf auf gute Presse waren. Deike war überrascht, wie viele Gäste immerhin der Einladung zur Eröffnung gefolgt waren. Darunter war auch Udo Neuhaus, der Pensionsbetreiber, der an allem Neuen interessiert war und ständig die Fühler nach möglichen Kooperationen ausstreckte. Bei einem Tässchen Mate-Tee kamen sie ins Gespräch.

»Also ein Prosecco wäre mir lieber gewesen«, gestand Deike.

»Ein handfestes Bier hätte es auch getan.« Er lachte. »Wenn Sie keinen Mate-Tee mögen – es gibt auch leckeren Brottrunk.« Seine Lippen kräuselten sich.

»Ach, ich will keine Umstände machen und bleibe dann doch lieber bei meinem Tee.«

»Nun ist Andrea also weg, und Sie müssen den Laden alleine schmeißen, wenn ich richtig informiert bin.«

»Sie hat alles so toll vorbereitet, die Redaktion so gut organisiert, da ist das überhaupt kein Problem. Außerdem habe ich ja einige Kollegen, die wenigstens stundenweise kommen und mir mal Termine abnehmen können, und ungeheuer nette Anzeigenkunden. Was soll da schiefgehen?«

Udo Neuhaus überhörte ihre charmante Bemerkung und beobachtete sie eine Weile aufmerksam. Dann sagte er: »Soll ich ehrlich sein?«

Sie war verunsichert und hatte keinen Schimmer, worauf er hinaus wollte. »Unbedingt«, antwortete sie trotzdem.

»Ich habe nicht geglaubt, dass Sie durchhalten. Hier auf Rügen. Ich habe schon viele kommen und gehen sehen, vom Festland, meine ich. Bisher lag ich immer richtig mit meiner Einschätzung, ob einer auf die Insel passt oder nicht. Sie sind nicht einmal ein Nordlicht! Trotzdem habe ich mich bei Ihnen anscheinend ziemlich verhauen.«

»Darf ich auch ehrlich sein?«

Er nickte.

»Am Anfang habe ich auch nicht hierhergepasst. Wir mussten uns erst einmal aneinander reiben, Rügen und ich, aber jetzt mögen wir uns, und Sie werden mich nicht mehr los, fürchte ich.« Deike strahlte ihn an.

»Verliebt, was? Ja, in diese Insel muss man sich auch verlieben. Jedenfalls, wenn man das Herz am rechten Fleck hat.«

Als sie sich von den Betreibern des Studios verabschiedete, bekam Deike ein kleines Päckchen, das eine Yoga-CD und ayurvedischen Tee enthielt. Zuerst überlegte sie, wem sie mit der CD eine Freude machen konnte. Dann fiel ihr jedoch ihr guter Vorsatz wieder ein und sie beschloss, die Bewegungen, die zu innerer Ruhe und geistiger Stärkung führen sollten, wie der Text auf der Rückseite versprach, wenigstens einmal auszuprobieren.

Ob Hannes wohl zu Hause war?, fragte sie sich, als sie die Stufen zum Haus hinaufging. Sofort kehrte das vertraute Kribbeln in ihren Bauch zurück. Sämtliche Vorhänge waren zugezogen. Merkwürdig, das war das erste Mal seit Tagen. Ein ungutes Gefühl beschlich sie. Sie blieb vor seiner Tür kurz stehen und wollte schon klingeln, entschied sich dann aber anders. Sich rar zu machen war sicher die bessere Taktik, als wie eine Klette gleich wieder auf der Matte zu stehen. Außerdem wollte sie ja Yoga machen.

Eine angenehme weibliche Sphärenstimme erklärte, wie man sich ganz aufrecht und gleichzeitig entspannt hinzustellen hatte. Ihre Anweisungen wurden von exotischer Musik untermalt, von der Deike nicht sicher hätte sagen können, ob eine menschliche Stimme oder ein fremdartiges Instrument sie erzeugte.

»Wir üben den Baum«, kündigte die Frauenstimme an und erklärte dann freundlicherweise, wie der Baum funktionierte. »Einatmen mmmhhhh, ausatmen fffhhh«, kommandierte sie in einschläferndem Singsang. Deike war nicht so recht bei der Sache, ihre Gedanken glitten wieder und wieder ab nach nebenan.

»Wir üben den Hund!«

»Toll, hoffentlich nicht den kleinen rosa Duschel-Hund«, brummte Deike und versäumte, bei der Beschreibung der Übung aufmerksam zuzuhören.

»Tief einatmen. Und dann gehen wir summend in den Hund!« Summend in den Hund gehen? Nein, Yoga war definitiv nichts für sie. Sie schaltete das Gesäusel ab. Dann doch lieber laut Musik hören und dazu tanzen, bis sie aus der Puste war. Sie legte eine andere CD ein und drehte auf. Im Takt der

Rhythmen hüpfte sie durch ihr Wohnzimmer, sprang immer wilder herum. Ja, das machte wesentlich mehr Spaß, und man kam wenigstens ins Schwitzen. Was auch immer sie je in irgendwelchen kitschigen Tanzfilmen gesehen hatte, machte sie nun nach, großartig und sehr nah am Original, wie sie fand. Sie drehte Pirouetten, wie vor wenigen Tagen beim Maibowlen-Fest, nur war Hannes leider nicht zur Stelle, um sie aufzufangen. Beinahe wäre sie über ihr Sofa gestolpert. In letzter Sekunde konnte sie das Gleichgewicht halten. Sie schnaufte, musste lachen. Was war das für ein Klopfen? Das passte doch gar nicht in die Musik. Da war außerdem schon ein Klingeln gewesen, das war ihr schon vor einer Minute so vorgekommen. Nur hatte sie sich nicht weiter darum gekümmert. Sie schüttelte noch immer rhythmisch die Schultern, tippte mit dem Fuß im Takt. Da war es wieder, dieses Klopfen. Sie ging zur Anlage und stellte das Lied leiser. Schon meldete sich das Kribbeln in ihrem Bauch zurück, denn es war ziemlich gut möglich, dass Hannes zu ihr wollte.

In dem Moment klingelte es wieder an ihrer Tür. Sie schob den Kopf hin und her wie eine indische Tempeltänzerin, während sie durch den Flur lief.

Hannes stand mit versteinertem Gesicht vor ihr. »Bist du irre?«, herrschte er sie an. »Du wohnst hier nicht alleine. Hast du schon mal etwas von Rücksicht gehört?«

»Was ist denn …? Ich …« Sie fühlte sich, als hätte er ihr ins Gesicht geschlagen. Nein, es war noch schlimmer. Deike war wie betäubt, sie verstand die Welt nicht mehr.

Er bebte am ganzen Leib, ihm war anzusehen, wie aufgeregt er war. Sogar seine Lippen zitterten. Aber warum bloß? Es gab doch keinen Grund! Konnte er sich wirklich derart über laute Musik aufregen? Er hatte doch neulich selbst … Ihre Gedanken kreisten rasend schnell durch ihren Kopf – ohne Ergebnis. Sie standen sich gegenüber, beide unter höchster Spannung, keiner sagte ein Wort.

Sein Kiefer drohte im nächsten Augenblick zu brechen, so presste er offenbar die Zähne aufeinander. Seine Mimik spiegelte ein Wechselbad der Gefühle wieder, verzweifelt in einem Moment, wütend im nächsten und dann beinahe müde und niedergeschlagen.

»Es wäre sehr nett, wenn du ... wenn du mir ein wenig Ruhe gönnen würdest.« Sie hatte den Eindruck, dass er innere Qualen auszustehen hatte. Wenn er sich ihr doch nur anvertrauen könnte.

»Ich verstehe nicht ...«, setzte sie hilflos an. Sie wünschte sich so sehr, dass das ein böser Scherz von ihm war, dass die Lippen zitterten, weil er sich das Lachen so angestrengt verkneifen musste.

Er schluckte hart. »Und sei so freundlich, dein Auto auf deinen Parkplatz zu stellen.« Ihr schien es, als habe er Tränen in den Augen. Rasch drehte er sich um und war mit drei Schritten in seiner Wohnung.

Deike ließ sich auf ihr Sofa fallen. Sie war völlig benommen. Wie lange sie dort in ihrem Wohnzimmer saß, hätte sie später nicht sagen können. Auch, ob sie ihren Wagen tatsächlich umgeparkt hatte, wusste sie nicht mit Sicherheit. Inzwischen war es dunkel. Nicht einmal Licht hatte sie sich angemacht. Noch immer versuchte sie, mit Logik zu erfassen, was da soeben geschehen war. Entweder litt er unter einer gespaltenen Persönlichkeit, oder irgendjemand setzte ihn unter Druck. Oder war er einfach nur ein dreckiger Mistkerl, der sie ins Bett bekommen und nun schon genug von ihr hatte? Sie zog in Erwägung,

Natty anzurufen, entschied sich dann aber, damit zu warten, bis sie darüber sprechen konnte. Wenn sie nicht wenigstens eine Nacht darüber geschlafen hatte, würde sie ohnehin nur zusammenhanglos stottern. Nein, sie würde sich keine Nacht mit dieser Ungewissheit, mit diesem Gefühl einer tiefen Demütigung quälen. Sie musste mit ihm sprechen, ihn zur Rede stellen. Und zwar jetzt gleich. Es gab keine Rechtfertigung für ein solches Verhalten, und sie würde sich das nicht gefallen lassen.

Wie bei ihrer ersten Begegnung war er nur wenige Atemzüge nach dem Klingeln an der Tür.

Seine Augen waren so voller Kummer, dass sie den Impuls spürte, ihn zu trösten. Aber er sagte kein Wort, und sie war hier diejenige, die Trost brauchte, die eine Entschuldigung verdient hatte.

»Könntest du mir bitte erklären …« Weiter kam sie nicht. Er brachte sie mit einer Handbewegung zum Schweigen und blickte nervös hinter sich. Aus einem Zimmer war Musik zu hören. Wenn man das denn Musik nennen wollte. In Deikes Ohren schmerzte dieses psychedelische Gedudel. Wahrscheinlich feierte er im Hinterzimmer eine Orgie und stand bis zu den Haarspitzen unter Drogen. Das Maß war voll.

»Könntest du mir bitte erklären, was mit dir los ist?«, zischte sie. »Hast du dir etwas eingeworfen?« Sie starrte ihn zornig an.

»Das verstehst du nicht, und ich kann dir das jetzt auch nicht erklären.« Er war ungeduldig.

»Ich bin kein Kleinkind«, sagte sie langsam und betonte jedes einzelne Wort. »Hannes, sprich mit mir«, flehte sie ihn an.

»Ich kann nicht.«

»Herrje, bei der Musik musst du ja depressiv werden.«

Ein Zucken um seine Mundwinkel. »Du solltest nicht von

Dingen sprechen, von denen du nichts verstehst. Von Musik kriegt man keine Depressionen.«

Jetzt war es ihr endgültig zu dumm. »Ach, das hatte ich ganz vergessen, Geologen sind ja Fachleute auf dem Gebiet psychischer Erkrankungen.« Sie funkelte ihn wütend an. »Ich weiß auch, dass das nichts mit der Musik zu tun hat. Man sagt das eben so.«

»Das sollte man aber nicht. Man sollte nicht so daherreden.«

Deike war außer sich. Was war das hier überhaupt für eine Diskussion? Es ging doch gar nicht um dieses üble Gejaule. Nur verweigerte er leider jeden Kommentar zu dem, worum es eigentlich ging. Erst jetzt fiel ihr auf, dass er wieder seine Schlabberhose trug, in der sie ihn seit Tagen nicht mehr gesehen hatte.

»Ha, ich hab's«, rief sie. Einer musste schließlich etwas sagen. »Das ist eine Zauberhose. Wenn du die trägst, bist du verhext!« Sie wollte ihn aus der Reserve locken, wollte ihm sagen, wie wunderbar er gewesen war, als er nicht im Bann der Zauberhose gestanden hatte. Er würde lächeln und mit ihr reden müssen!

Ehe sie ein weiteres Wort sagen konnte, schloss er die Tür vor ihrer Nase.

14.

Die nächsten Tage waren fürchterlich. Sie hatte sich an dem Abend, an dem Hannes sich so komplett verändert hatte, in den Schlaf geweint und war am nächsten Morgen mit verquollenen Augen in die Redaktion gefahren. Obwohl es mit jedem Tag wärmer, die Insel farbenfroher und fröhlicher wurde – roter Mohn, blaue Kornblumen, saftig grüne Wiesen und grünes Schilf, dazu sehr viel tiefblaues Wasser –, kam ihr alles grau und trostlos vor. Nach Feierabend besuchte sie möglichst viele

Restaurants und Bars, um nur nicht früh zu Hause zu sein. Auf ihre Terrasse traute sie sich gar nicht mehr. Wenn sie doch mal recht früh in das hübsche kleine Reetdachhaus kam und noch etwas frische Luft brauchte, ging sie am Bodden spazieren. Sie war dankbar für den Wanderweg, eine wirklich schöne Alternative zu ihrem Garten. Sie ging alleine zur Saisoneröffnung des Varietés Boddenbarsch und ließ auch die zweite Karte für das Inseltheater in Putbus verfallen. Wen hätte sie mitnehmen sollen? Sie hatte keinen Blick für den stilsicher restaurierten Innenraum und die aufwändige Bühnengestaltung. Es gelang ihr ja kaum, der Handlung zu folgen, obwohl die Darsteller wirklich etwas von ihrem Beruf verstanden.

Deikes Gedanken drehten sich im Kreis. Sie konnte nicht vergessen, was ihr widerfahren war, wie gänzlich unverständlich Hannes' Verhalten war. Sie brauchte neue Informationen, neue Aspekte, um die Spirale in ihrem Kopf unterbrechen zu können. Nur hätte sie dafür mit ihm reden müssen, und das erschien ihr unmöglich.

Eines Abends ergab sich die Gelegenheit dazu. Sie hörte, dass er nach Hause kam. Sie vernahm all die vertrauten Geräusche, wie er mit seinem Rennrad die Stufen hinaufkam, wie er es am Haus vorbei nach hinten in den Garten schob, um es im Gartenhäuschen zu verstauen. Gleich würde sie das Kratzen des Stuhls auf der Terrasse hören. Doch dieses Geräusch blieb aus. Sie stutzte, kümmerte sich jedoch nicht weiter darum, denn sie wollte nach Ralswiek fahren, wo sie auf der Freilichtbühne einen Termin mit dem Hauptdarsteller der diesjährigen Störtebeker Festspiele haben würde. Sie wollte gerade aus dem Haus, da hörte sie etwas. Hannes stand vor ihrer Tür. Kein Zweifel. Sie hörte ihn hüsteln und mit den Füßen scharren. Deike hielt die Luft an. Würde er sich ihr endlich erklären? Konnte doch noch alles zwischen ihnen in Ordnung kommen? Sie könnte die Tür öffnen, bevor er es sich anders überlegte. Das tat sie nicht, sondern ließ die Gelegenheit verstreichen. Ein tiefer Seufzer auf der anderen Seite der Haustür, dann ging er.

Deike stand noch immer unbeweglich da, nachdem seine Tür längst ins Schloss gefallen war.

An einem anderen Abend fasste sie sich ein Herz und rief ihre Schwester an. Sie musste sich ihren Kummer einfach von der Seele reden. Es fiel ihr schwer, das Thema anzuschneiden, zumal sie zunächst von dem himmlischen gemeinsamen Wochenende mit ihm berichten musste, damit Natty das ganze Ausmaß der Katastrophe verstand.

»Du kannst dir nicht vorstellen, wie aufmerksam und charmant er war und wie süß.« Deike schluckte. In ihrem Hals hatte sich ein dicker Kloß eingenistet.

»Doch, Schwesterchen, das kann ich mir vorstellen. Ich habe doch gleich gesagt, dass ihr super zusammenpasst. Was ich nicht verstehe: Wo liegt denn nun das Problem?«

Deike beschrieb den verhängnisvollen Abend in allen Einzelheiten, seinen Auftritt bei ihr und ihren Gegenbesuch bei ihm.

»Und dann hat er mir die Tür vor der Nase zugeschlagen. Einfach so. Ohne ein weiteres Wort. Was soll ich wohl davon halten?«

»Vielleicht hat die Duschel ausnahmsweise mal recht, und er ist ein gefährlicher Psychopath.«

»Meinst du, ich soll mir eine andere Wohnung suchen?«

»Blödsinn, das habe ich doch nicht ernst gemeint.«

»Nein, deswegen doch nicht, aber ich habe wirklich darüber nachgedacht, ob ich lieber das Feld räumen soll. Dann sehe und höre ich ihn nicht ständig und komme endlich wieder auf andere Gedanken.«

Natty wollte von dieser Idee partout nichts wissen. Sie drängte ihre Schwester, der Sache auf den Grund zu gehen.

»Du musst noch einmal das Gespräch suchen. Auf andere Gedanken kommst du erst, wenn die Sache zwischen euch geklärt ist. Warum schreibst du ihm keinen Brief? Kann doch sein, dass es für ihn einfacher ist, dir schriftlich zu antworten.«

Das war keine üble Idee. Sie würde es sich überlegen.

15.

Mit Beginn der Hauptsaison wuchs die Arbeit in der Redaktion. Deike war es nur recht. Sie war abgelenkt und hatte eine perfekte Ausrede, um unangenehme Aufgaben, wie etwa einen Brief an den Nachbarn schreiben, von Tag zu Tag aufzuschieben. Mal musste sie nach Stralsund in die Druckerei, dann hoch nach Kap Arkona, um sich über eine bevorstehende Vernissage zu informieren. Als sie an einem heißen Junitag – wie sollte das erst im Juli und August werden? – oben am nördlichsten Punkt der Insel war, um Bär Boy in seiner Galerie zu treffen, sah sie Silvio. Sie war gerade in dem Handwerkerhof, in dem Natty damals die Kreidemännchen erstanden hatte. Wieder war er auf dem Rad unterwegs, doch dieses Mal hielt er vor dem Gebäude-Ensemble an und entdeckte sie augenblicklich.

»Hallo, Frau Journalistin, wie geht es dir?«

»Gut«, log sie. »Was machst du hier? Wohnst du in der Nähe?«

»Ja, gleich da drüben.« Er nickte eifrig und zeigte mit dem Finger auf ein altes Haus am Ende der kopfsteingepflasterten Straße.

Sie plauderten ein wenig über Belangloses und darüber, wie

sich die Insel mit dem zunehmenden Besucherstrom veränderte.

»Endlich ist wieder etwas los. Davon zehre ich den gesamten Winter.«

»Tatsächlich? Ich kann mir gar nicht vorstellen, dass es auf Rügen komplett ruhig und einsam wird. Kürzlich war ich auf Vilm ...« Sie stockte. »Dass einem da die Decke auf den Kopf fällt, kann ich verstehen«, murmelte sie schnell und hätte sich ohrfeigen können. Die Gedankenspirale begann auf der Stelle, sich zu drehen.

Glücklicherweise merkte Silvio ihr nichts an und erzählte, dass er in den Sommermonaten einen kleinen Laden führte, in dem es Rügenliteratur, Postkarten und seine Holz-Papier-Kunst zu kaufen gab.

»Ich dachte, du seiest Handwerker von Beruf und erschlägst arglose Badegäste.«

»Bin ich eigentlich auch, aber eher im Herbst und Winter. Während der Saison bin ich hauptsächlich Künstler.«

»Aha, und was machst du so?«

»Ein paar Häuser weiter gibt es einen Papiermacher. Der hat eine Handschöpferei, eine alte Druckerpresse und so ein Zeug. Von dem bekomme ich Material, das Holz suche ich mir am Strand zusammen. Daraus bastle ich kleine Segelboote zum Hinstellen oder Hinhängen, auch Mobiles.«

»Und das ist Kunst?«

»Touristen kaufen alles, was du ihnen als Kunst anbietest, vor allem, wenn es einen Bezug zur Insel hat.«

»Holz gibt es doch überall«, gab sie zu bedenken. »Ich könnte mir typischere Souvenirs vorstellen.«

»Es kommt darauf an, dass sie glauben, ich hätte das Holz auf Rügen gesammelt, verstehst du? Natürlich bringe ich mir auch vom Festland Stücke mit, wenn die geeignet sind.« Silvio zuckte mit den Schultern. »Was ich nicht weiß, macht mich nicht heiß. Was soll's?«

»Ihr seid mir vielleicht Künstler!« Sie schüttelte den Kopf, musste aber schmunzeln. »Kennst du Boy, den Galeristen? Das ist auch so eine Type!«

»Mit dem kann ich mich nicht messen. Boy ist ein echter Künstler.« Seine hübschen Augen waren kullerrund geworden, er schien tatsächlich Respekt vor dem Mann zu haben. »Einer der wenigen hier«, fügte er hinzu und zwinkerte übertrieben.

Deike erzählte von dem Kurs, den sie bei Boy machen sollte, dass ihr das Ganze aber zu abgehoben vorkam. Sie feixten noch eine ganze Weile darüber, wie wenig greifbar Kunst war, wie leicht man vermeintliche Kenner aufs Glatteis führen konnte.

»Die Hauptsache ist doch, dass es gefällt«, stellte Silvio unbekümmert fest. »Auch wenn die Kreidemännchen aus China kommen.«

»Das ist nicht dein Ernst!« Deike riss die Augen auf und musste an Natty denken.

»Nein, ich weiß nicht, aber es wäre möglich. Na und? Ist das nicht egal? Sie werden gekauft und machen den Leuten Freude.«

Es tat gut, mal wieder mit jemandem zu klönen und zu lachen.

»Willst du meine Segelboote mal sehen? Es ist nicht weit.«

»Vielleicht ein anderes Mal. Ich will gleich nach Stralsund, ich muss ein paar Dinge kaufen, die ich auf der Insel nicht bekomme.«

»Solche Dinge gibt es nicht. Auf Rügen kriegst du alles.«

Sie lachte auf. »Man muss nur wissen, wo.«

Er nickte.

»Halte mich für blöd, aber ich will mal wieder Festland unter den Füßen spüren. Ich bin seit ungefähr zwei Monaten nicht mehr drüben gewesen. Ich muss mich einfach davon überzeugen, dass der Rest der Welt noch an Ort und Stelle ist.«

»Das ist gar nicht blöd. Du bist nicht blöd.« Silvio fuhr sich durch das beinahe bläulich glänzende schwarze Haar, das heute ausnahmsweise nicht unter einer Kappe steckte. »Okay, also ein anderes Mal. Wann?«

Wieder musste sie lachen. Flirtete er etwa mit ihr? Womöglich sollte sie es auf eine Affäre anlegen, das würde sie endgültig von Hannes ablenken. Sie tauschten Telefonnummern aus, das war immerhin ein Anfang und ließ ihr noch ein wenig Bedenkzeit.

16.

Wieder verstrichen die Tage, ohne dass Deike und Hannes ein Wort gewechselt hätten. Die Vorhänge in seiner Haushälfte waren zugezogen, es rührte sich nur selten mal etwas. Bis zu dem einen Abend, als sie gerade vor dem Fernseher eingenickt war und von Klirren und Poltern geweckt wurde. Sie musste sich kurz orientieren, dachte schon, jemand sei in ihre Wohnung eingebrochen. Dann erkannte sie die Stimme von Hannes und die einer Frau. Sie konnte nicht verstehen, was sie sagten, nur einzelne Worte, die jedoch keinen Zusammenhang ergaben. Ihr Herz begann zu klopfen. Die Frauenstimme überschlug sich, im nächsten Moment ertönte ein Jammern, das klang, als jaule ein Tier, und Deike eine Gänsehaut über den Rücken jagte. Sollte sie doch mit Norman Bates oder einem ähnlich gestörten Typen Tür an Tür wohnen und in diesem Moment Zeugin seines nächsten Verbrechens werden? So ein Unsinn!

Sie sprang auf, überlegte, was zu tun sei. Sich direkt einzumischen kam nicht infrage. Es blieb ihr nichts anderes übrig, als die Polizei zu rufen. Wenn sie nichts unternahm, würde sie sich Vorwürfe machen müssen, wenn man irgendwann eine Frauenleiche in seinem Garten ausbuddelte. Sie würde sich fragen lassen müssen, warum sie weggesehen hatte. Ja, sie musste eingreifen, das stand fest. Andererseits brauchte sie eventuell doch nicht gleich zu den ganz harten Bandagen zu greifen. Sie könnte auch Herrn Duschel als Verstärkung anfordern. Der hatte neben seiner Kreissäge bestimmt noch mehr Werkzeug, das sich leicht zur Waffe umfunktionieren ließe.

Sie lauschte. Es war still geworden nebenan. Zu spät. Er hatte etwas Schreckliches getan. Deike schlich vorsichtig ins Bad, wo sie eindeutig die beste Akustik hatte, in Bezug auf die Nachbarwohnung jedenfalls. Sie hörte noch immer Stimmen, sehr gedämpft jetzt, aber noch immer zwei verschiedene. Nun gut, Norman Bates hatte auch mit verstellter Stimme die Rolle seiner Mutter übernommen, nachdem er diese umgelegt hatte, aber das schloss sie jetzt mal aus. Allmählich normalisierte sich ihr Herzschlag, und sie entschied, dass sie doch nichts zu unternehmen brauchte. Sie schaltete den Fernseher aus, der ihr ohnehin gerade mit Werbung auf die Nerven ging.

Als sie sich kurz darauf die Zähne putzte, um ins Bett zu gehen, hörte sie einen Wagen vor dem Haus anhalten. Sie spülte sich eilig den Mund und lief in die Küche, von wo sie zumindest einen Teil der Straße sehen konnte. Da stand ein Taxi. Nebenan wurde die Tür geöffnet. Gleich darauf sah sie Hannes, der eine Frau im Arm hielt und zum Taxi führte. Sie trug ein altmodisches Sommerkleid und wirkte darin unförmig und pummelig. Als sie ihr Gesicht Hannes zuwandte, erkannte Deike die blasse Frau aus der Klinik in Wiek. Unglaublich, sie musste in den letzten Wochen zehn Kilo zugenommen haben oder noch mehr. Deike sah von ihrer dunklen Küche zu, wie Hannes mit dem Taxifahrer sprach, die Frau noch einmal fest umarmte und sie dann behutsam auf die Rückbank bugsierte. Sie schien unaufhörlich auf ihn einzureden, was er mit ständigem Nicken beantwortete. Irgendwann warf er die Autotür zu, und das Taxi fuhr in die Nacht. Er stand eine Weile unter der einzigen Laterne, die es in dieser Straße gab, und blickte in die Richtung, in die der Wagen mit der Frau verschwunden war.

Plötzlich schlug er die Hände vor das Gesicht. Deike fühlte einen Stich in der Brust. Sie sollte zu ihm gehen, ganz gleich, was geschehen war. Er brauchte sie jetzt. Er rieb sich die Augen und kam dann mit hängenden Schultern auf das Haus zu. Sie konnte ihn nicht mehr sehen, hörte nur, wie die Tür leise ins Schloss fiel.

»Er ist ein großer Junge. Wenn er Hilfe braucht, wird er sich schon melden«, mahnte Nattys Stimme in ihrem Kopf. Deike wusste, dass das nicht stimmte. Da er aber in den letzten Wochen bestens ohne sie zurechtgekommen war, würde er das auch jetzt schaffen.

Deike hatte furchtbar schlecht geschlafen. Immer wieder war sie aufgeschreckt, weil sie meinte, ein Schreien oder Wimmern gehört zu haben. Mal war es eine Frau gewesen, die Todesangst auszustehen schien, dann war es eine Männerstimme gewesen, die entsetzliche Klagelaute von sich gab. Gott sei Dank war es Freitag, am Wochenende konnte sie sich erholen. Ausnahmsweise hatte sie mal keinen einzigen Termin angenommen, sondern alles auf die freien Mitarbeiter verteilt. Sie war spät dran. Als sie aus der Tür trat, traf sie fast der Schlag, so schwül und stickig war es schon am frühen Morgen.

»Auch das noch«, schimpfte sie vor sich hin und lugte vorsichtig nach nebenan. Hannes war sicher schon bei der Arbeit. Erst auf den zweiten Blick registrierte sie, dass die Vorhänge geöffnet waren. Sie überlegte, ob sie ans Fenster gehen und hineinsehen sollte, verwarf den Gedanken aber sofort wieder. Womöglich war er doch zu Hause. Außerdem musste sie sich beeilen.

Sie brachte den Tag irgendwie herum, hielt sich mit viel Kaffee und einem doppelten Espresso über Wasser und war heilfroh, als sie endlich Feierabend machen und nach Hause fahren konnte. Ihr Herz schlug, angetrieben von der Überdosis Koffein, wie verrückt, gleichzeitig fühlte sie sich erschöpft, als hätte sie eine ganze Nacht durchgearbeitet. Die Hitze gab ihr den Rest, und ihre Klimaanlage im Auto hatte ausgerechnet jetzt ihren Geist aufgegeben. Wie gut, dass sie es nicht mehr weit hatte, sie konnte sich kein bisschen auf den Verkehr konzentrieren. Immerhin wurde der Himmel schwarz, Sturm peitschte die Bäume der Alleen. Das versprach Regen. Sie bog in die schmale Straße ein, in der sie seit Ende April wohnte. Bemerkenswert, wie schnell man sich an Dinge und Orte gewöhnte, dachte sie noch, da sah sie im Augenwinkel etwas, das sich schnell auf die Straße zu bewegte. Nein, das war kein Etwas, das war ein Mensch. Sie trat panisch auf die Bremse, wurde in den Gurt gepresst und flog gleich wieder zurück an die Kopfstütze. Der Motor soff ab. Dann geschah alles gleichzeitig: Vor ihr kam ein Lastwagen zum Stehen, der rückwärts aus einer Einfahrt gesetzt hatte. Und Hannes war mit einem Satz an ihrem Auto und riss die Tür auf.

Sie starrte ihn an, als habe sie eine Erscheinung.

»Ist alles in Ordnung? Geht es dir gut?« Er keuchte, wahrscheinlich weniger von dem Sprint, den er hingelegt hatte, als von der Aufregung, und legte ihr eine Hand auf die Schulter.

»Wo kam der denn plötzlich her? Ich habe den gar nicht gesehen«, sagte sie leise.

Der Lkw-Fahrer hatte sich schnell von seinem Schreck erholt und zeigte ihr mit wilden Gesten, was er von ihrer Fahrweise hielt.

»Ich weiß nicht, wo ich mit meinen Gedanken gewesen bin. Ich habe den wirklich nicht gesehen.« Sie blickte verstört in Hannes' besorgtes Gesicht. Allmählich löste sich der Schock, sie begann zu zittern, und eine Träne lief ihr über die Wange.

»Ist ja nichts passiert.« Seine Stimme klang vertraut und beruhigend. Leider war das eher kontraproduktiv, wenn es darum ging, die Fassung zu bewahren.

»Glaubst du, du kannst dein Auto von der Straße bringen?« Ein kurzes Zögern. »Oder soll ich für dich einparken?«

»Nein.« Ihr entwischte ein kurzes Schluchzen. »Das kriege ich schon hin. Sogar auf der richtigen Seite«, ergänzte sie und meinte das keineswegs lustig.

Er ließ ihre Schulter los. In dem Moment kam die Duschel mit ihrem rosa Hündchen vorbei. »Et wööd usselech«, verkündete sie mit einem warnenden Blick zum schwarzen Himmel.

»Was?« Hannes zog die Augenbrauen hoch und sah sie an, als hätte sie japanisch gesprochen. Für ihn war der Düsseldorfer Dialekt vermutlich nicht weit davon entfernt.

»Es wird ungemütlich«, übersetzte Deike tonlos, holte einmal tief Luft und startete ihren Wagen.

Hannes wartete an der Treppe auf sie.

»Geht es?« Er nahm ihren Arm.

»Schon gut, ich bin ja kein Pflegefall.« Sie erntete einen missbilligenden Seitenblick und sagte etwas freundlicher: »Es geht mir gut, es ist ja nichts passiert.«

»Darf ich hereinkommen?«

»Das ist doch mal eine gute Idee.« Draußen fielen die ersten Tropfen, und in der Ferne grollte Donner, doch in Deikes Herz ging gerade die Sonne auf. »Ich wollte mir Tortellini machen. Magst du auch welche?«

»Nein, Deike, ich will nicht essen. Ich will reden.«

»Ist das nicht ein Frauensatz?« Endlich sah sie ihn mal wieder lächeln. »Okay, reden wir.« Sie ließ sich auf das Sofa fallen.

Hannes blieb stehen. Er ging zum Fenster herüber, kam gleich wieder zurück und knetete die Hände. »Meine Eltern sind bei einem Verkehrsunfall auf einer der schmalen Alleen hier auf der Insel ums Leben gekommen. Es ist das Licht, weißt du? Du fährst im Sommer mit Sonnenbrille, es ist grell, und du fährst in eine Allee wie in einen Tunnel. Dann noch die dunkle Brille und ein Touristen-Auto, das mitten auf der Fahrbahn steht, weil der Besitzer schnell ein Foto machen will ... Er ist hier ja im Urlaub, alles ist so hübsch, so fotogen, und er kann sich überhaupt nicht vorstellen, dass es auch Menschen gibt, die hier immer leben, die in Eile sind.« Er hatte sich in Rage geredet und brach ab.

»Fährst du deshalb kein Auto?«

Er nickte. »Ich habe einen Führerschein, hin und wieder leihe ich mir auch einen Wagen, wenn es sich gar nicht vermeiden lässt. Aber ich bevorzuge das Fahrrad. Das ist auch besser für die Umwelt.« Er lachte, ohne dass seine Augen jedoch ihre Traurigkeit verloren.

»Ich war gerade im Garten und habe dich kommen sehen und den Laster, der aus der Einfahrt wollte. Du kannst dir gar nicht vorstellen ... Ich dachte, jetzt kracht's.«

Sie stand auf und ging zu ihm herüber. »Es hat nicht gekracht, mir ist nichts passiert.«

»Gott sei Dank!« Damit nahm er sie in die Arme und hielt

sie einfach nur fest. Sie spürte sein Herz schlagen, spürte seine Wärme. Draußen trommelte der Regen immer stärker auf das Dach, wurde vom Sturm gegen die Scheiben gedrückt.

Langsam löste sie sich von ihm und führte ihn zum Sofa. Sie zog die Knie an, schob sie auf seinen Schoß und kuschelte sich an ihn. »Wann ist das mit deinen Eltern passiert?«

»Vor vier Jahren.«

»Es tut mir so leid.« Vier Jahre waren keine lange Zeit, um einen solchen Verlust zu verkraften. Sie musste daran denken, was er über Familie gesagt hatte. Er hatte seine verloren.

»Es gibt da jemanden«, setzte er an und suchte nach den richtigen Worten. »Ich wohne nicht immer allein hier, das hast du wohl bemerkt.«

Ihr Herz schlug einen Takt schneller. Er hatte seinen Arm um ihre Schulter gelegt.

»Ich habe eine Schwester.«

»Du hast eine Schwester?« Diese Möglichkeit war ihr nicht eine Sekunde lang in den Sinn gekommen.

»Sie war schon immer sehr sensibel und zerbrechlich. Der Tod unserer Eltern hat sie vollends aus der Bahn geworfen. Sie leidet seitdem unter schweren Depressionen.«

Deike fiel ein, was sie an dem verhängnisvollen Abend über die Musik gesagt hatte, die in seiner Wohnung zu hören gewesen war. Davon müsse man depressiv werden, hatte sie gemeint. Sie schämte sich schrecklich.

»Sie hat schwerste psychosomatische Symptome, Essstörungen, Schmerzen am ganzen Körper. Manchmal ist es so schlimm, dass ich Angst habe, sie übertreibt es mit den Schmerzmitteln.«

»Das ist ja furchtbar. Wenn ich das gewusst hätte ...«

»Sie ist jünger als ich und hat noch bei meinen Eltern gelebt, als es passiert ist. Zuerst ist sie alleine in dem Haus unten in Altefähr geblieben, aber das hat nicht funktioniert. Also habe ich eine Wohngruppe für sie gefunden. Dort leben Menschen mit verschiedenen psychischen Problemen und posttraumatischen Störungen zusammen.«

»Ist das in Wiek?«

»Nein, wie kommst du darauf?«

»Ich war mit Natty in einer Klinik. Wir haben dir davon erzählt, glaube ich. Sie hat sich dort wegen einer Stelle erkundigt. Da habe ich euch gesehen, also dich mit einem Mädchen.«

»In Wiek ist sie nur bei akuten Problemen, wenn ein körperliches Problem so stark ist, dass es behandelt werden muss. Meist hat das mit ihren Essstörungen zu tun, aber natürlich auch mit den Schmerzen.« Er hing seinen Gedanken nach. »Micky – sie heißt Michaela, aber sie wird nur Micky genannt – hat sich in der Wohngruppe nicht wohlgefühlt. Sie hat mich bekniet, zusammen in unserem Elternhaus zu wohnen. Aber was hätte ich denn dann für einen Arbeitsweg gehabt? Jeden Tag von Altefähr ganz hoch zum Nationalparkamt, das wäre eine Tortur, und das wollte sie auch nicht, denn ich hätte mit dem Auto fahren müssen. Ich sollte mir eine andere Stelle suchen, in Stralsund vielleicht. Als ob das so einfach wäre!«

Deike griff zaghaft nach seiner Hand.

»Die vier Jahre waren die Hölle. Beinahe jeden Tag bin ich zu ihr gefahren. Immer wieder musste ich sie ins Krankenhaus bringen. Manchmal hat sie Dinge getan, sie hat Reinigungsmittel getrunken, um echte Symptome zu bekommen. Sie hat alles gemacht, damit ich mich nur noch mehr um sie kümmere und ein schlechtes Gewissen habe. Vor ein paar Monaten hatte ich endlich eine Idee. Ich hatte gehört, dass die andere Haushälfte, deine Wohnung, frei wird. Das erschien mir wie ein Wink des Himmels. Ich wollte, dass sie hier einzieht. Dann hätte ich mein eigenes Leben nicht ganz aufgeben müssen, wäre aber für sie da und hätte sie unter Kontrolle. Ich dachte, dass sich ihr Zustand vielleicht bessern würde, wenn sie aus der Wohngruppe herauskäme und in meiner Nähe wäre.«

»Und dann bin ich eingezogen.« Deike konnte sich seine Enttäuschung vorstellen. Endlich hatte er einen guten Plan, und dann machte sie ihn zunichte.

»Ja. Ich hatte schon mit meinem Chef gesprochen und geklärt, dass ich teilweise von zu Hause arbeite. Home-Office, wie man so schön sagt. Dummerweise hatte ich Micky auch schon von meiner Idee erzählt. Sie war begeistert!«

»Du machst mir ein ganz schlechtes Gewissen. Hätte ich auch nur geahnt, wie dringend du die zweite Haushälfte brauchst, wäre ich doch woanders hingezogen. Das wäre überhaupt kein Problem gewesen.«

Er sah sie sanft von der Seite an. »Du brauchst kein schlechtes Gewissen zu haben. Immerhin hätte ich dich wahrscheinlich nie kennengelernt, wenn du nicht hier eingezogen wärst. Das hätte mir auch nicht gefallen.«

»Du hättest es doch gar nicht gewusst«, neckte sie.

Er wurde wieder ernst. »Mir blieb nichts anderes übrig, als Micky hier einziehen zu lassen. Ich habe mir eingeredet, das sei ich ihr schuldig, und es könnte irgendwie funktionieren. Hat es aber nicht. In der Wohngruppe gibt es Therapeuten, die den Bewohnern helfen, Strukturen zu schaffen und Strategien zu entwickeln, um den Alltag zu bewältigen und ihre Störungen in den Griff zu bekommen. Micky hat ihre bei mir ausgelebt. Sie war furchtbar lärmempfindlich, hat andererseits in ihrem Zimmer eine Musik aufgedreht, die kein Mensch ertragen kann.« Ihm fiel etwas ein. »Davon durftest du dich selbst überzeugen.«

Sie nickte und streichelte seine Hand.

»Die Dinge mussten eine bestimmte Ordnung haben. War das nicht der Fall, ist sie durchgedreht. Sie hat geschrien, mit dem Kopf gegen die Wand oder auf den Tisch geschlagen, bis ich die Ordnung wiederhergestellt hatte.«

»Darum das Theater mit den Parkplätzen und dem gemähten Rasen?«

»Ganz genau. Verstehst du, ich stand total unter Strom, als du hier eingezogen bist, weil ich es selbst nicht mehr ausgehalten habe mit Micky. Außerdem war ich sauer auf dich, weil du mir die Wohnung weggeschnappt hast. Als deine Schwester kam, musste Micky in die Klinik, weil sie so extrem abgenommen hatte. Tja, und nachdem Natty abgereist war und wir dieses geniale Wochenende zusammen hatten, kam Micky wieder zurück.«

»Wenn du mir nur etwas gesagt hättest. Ich hätte doch Verständnis gehabt, meinst du nicht?«

»Ich weiß ja auch nicht, ich war wie vernagelt. Ich habe mir die ganze Zeit eingeredet, du würdest die Flucht ergreifen, wenn du das alles erfährst. Außerdem wollte ich es dir auch nicht zumuten, das mit mir durchzumachen. Eins ist nämlich klar: Ich stehe zu Micky. Sie ist der wichtigste Mensch in meinem Leben. Wenn wir uns weiter sehen wollen, musst du sie kennenlernen.«

»Ich würde sie gerne kennenlernen.«

»Wirklich?« Seine Augen glänzten feucht, er küsste sie auf die Nasenspitze. »O Gott, ich hatte so gehofft, dass du das sagst.« Seine Stimme war rau und brüchig.

Sie saßen noch lange eng umschlungen auf dem Sofa und redeten über Micky, über die Zukunft, über Beziehungen und Familiengründung.

»Bleibst du heute Nacht hier?«, fragte sie, als die Kirchturmuhr aus der Ferne zur Mitternacht schlug.

»Das würde ich gerne. Was hältst du davon, wenn ich uns einen Schlummertrunk hole. Ich habe da noch ein Fläschchen Champagner im Kühlschrank stehen, den ich mal von einer ganz zauberhaften jungen Dame geschenkt bekommen und mir für eine besondere Gelegenheit aufbewahrt habe.«

»Einverstanden. Und dann lass uns ins Bett gehen. Ich bin hundemüde.« Deike wollte aufstehen, aber er hielt sie fest.

»Sag mal, findest du meine Trainingshose eigentlich wirklich so schlimm?«

»Sie ist furchtbar!«

»Ich habe noch eine andere.«

»Na, das lässt hoffen.«

Epilog

»Hallo, Schwesterchen, alles im grünen Bereich auf der Insel?«

»Hallo, Natty! Es könnte nicht besser sein. Und was treibst du im fernen Bayern?«

»Stell dir vor, ich hatte heute einen Anruf aus Wiek. Wie es aussieht, könnte ich eine Stelle auf Deutschlands größter Insel kriegen, auf der zufällig auch meine kleine Schwester arbeitet.«

»Ist das wahr? Natty, das wäre großartig! Wann kommst du?«

»Nicht so schnell, Schwesterchen, wir müssen uns noch über die Feinheiten einig werden, und ich muss mir ja auch noch eine Wohnung besorgen. Obwohl, das überlasse ich wohl am besten unserem Vater.«

»Nicht nötig, wie es aussieht, wird hier nämlich eine Haushälfte frei.«

»Schlabberhose zieht doch nicht etwa aus?«

»Erstens: Er heißt Hannes. Und zweitens: Nein, er zieht nicht aus. Es ist meine Hälfte, die frei wird. Ich ziehe nämlich zu ihm.«

LEA KORTE
Sommernacht auf Mallorca
Eine Liebesgeschichte
128 Seiten. Gebunden
ISBN 978-3-352-00807-8

Einmal Mallorca und nie mehr zurück

Isabella Kunatz ist Paartherapeutin – und hat genug von Männern. Vor ihrem untreuen Freund flieht sie nach Mallorca. Hier will sie nichts anderes tun, als in Ruhe wandern und ihre Lieblingsbücher lesen. Doch schon beim Frühstück baggert sie ein dreister Engländer an, den sie sofort abblitzen lässt. Wenig später muss sie auf ihrer ersten Wanderung gleich Erste Hilfe leisten. Ein Einheimischer mit besten Deutschkenntnissen und wunderschönen Augen hat sich den Fuß verstaucht. Isabella bringt ihn nach Hause – doch das soll nicht das letzte Mal gewesen sein, dass sie ihn gesehen hat. Und auch der penetrante Engländer lässt sich nicht so leicht abschütteln. Mit Tempo und Witz erzählt – eine Liebeskomödie unter südlicher Sonne respektive südlichem Mond.

Mehr Informationen erhalten Sie unter www.aufbau-verlag.de
oder in Ihrer Buchhandlung

rütten & loening

BRIGITTE JOHANN
Wellenzauber
Eine italienische Reise
133 Seiten
ISBN 978-3-352-00784-2

Amore, Duft und Sommer

Für Sina Paulsen war Federico der erste Freund in ihrem Leben. Bis er eines Tages nach Italien verschwand – scheinbar ohne einen Grund. Sie hat ihn nie vergessen können. Als sie unverhofft eine Reise geschenkt bekommt, findet sie sich mit einer Freundin auf Sardinien wieder – und da sie sieht ihn, Dottore Federico Bergmann, doch offenbar gehört er einer anderen.
Die Geschichte einer unvergesslichen Liebe – mit viel Lokalkolorit erzählt.

Mehr Informationen erhalten Sie unter www.aufbau-verlag.de
oder in Ihrer Buchhandlung

RL rütten & loening